發現人生好風景

張光斗

發現人生好風景

目錄

輯三——緣起不滅

輯四——擁抱初心

推薦序——斗室之燈　光光相攝

文／妙熙法師

人與人之間，除了眼波和肢體互動外，情緒波動，也會相互影響。愈是與你親近的人，他的歡喜與悲傷，就愈能感同身受，在科學家看來，這稱之為「能量交換」。

自然世界中，每一種生物本身都具有能量。德國大學以萊茵衣藻為實驗，發現藻類除了進行光合作用獲得能量外，還會吸取其他藻類的能量，成為自己的能量！人類就如同萊茵衣藻，會吸收周圍的能量，也能吸收彼此的能量，當聽到悲傷的故事，我們會感到難過，因為悲傷的力量被身體吸收。

相反的「快樂也會傳染」，當我們將快樂傳遞給身邊每一個人，周圍的朋友也會感到快樂而幸福。

每一個人都是「能量交換」的使者，特別是那些與身俱來能量特別強的人，斗哥便是屬於這一類的人。我觀察，這種人都有幾點特質，好比：勇敢、溫暖、有理想、樂於助人等等，甚至文章中深入且細膩的反思與觀察，總能牽動讀者的心。

他的勇敢！

當年三十歲的斗哥，頂著「北杯」的光環，憑著勇敢與努力，隻身赴日，連五十音都不會，他說「有啥好怕？硬闖就得了！」在日本落腳十二年，念完大學和研究所。這種蒲公英性格，讓他交友四方，又能隨緣不變。

他的懊惱！

斗哥最喜歡番茄炒白花菜這道菜，是過去至今家中不可少的年菜。有一年除夕，斗哥說服了父親來過節，並小露一手親煮番茄炒白花菜，父親為此興致勃勃地繞著，叮嚀要燒爛點。最終，這道菜還是不夠軟，看著父親用假牙辛苦地咬著白花菜梗，讓他懊惱至今。

他的體悟！

華人對於肢體動作總顯得靦腆害羞，斗哥的母親給人擁抱，卻像與生俱來般，非常自然而真誠。斗哥回思，愕然發現，母親的轉變來自於八年前，老伴的離世，體會出唯有真切地擁抱，才能直接了當地傳遞關懷給對方！

生活細膩，有深刻的感受，斗哥帶人走進他的內心世界，不矯情不做作，潛移默化中與他進行一次又一次的能量交換。

斗哥最強的渲染力，應該是那一點就悟的佛性，和堅持理念的發心。經由法師的指點，他製作《點燈》節目二十五年，讓每一位與談者，和千千萬萬的觀眾進行無數場的「能量交換」，點亮每一個人心中的一盞燈。

佛教裡有個比丘名叫駝標，負責接待遠方掛單的雲水僧，他慈悲柔和，寮房總是掃得一塵不染，棉被枕具，齊全舒適，讓風塵僕僕的雲水僧安穩過夜。每晚，他都在寺院門口，等候遠到的雲水僧，過了深夜，仍提著燈籠，送他們回寮。

年復一年，經過三十年，駝標比丘再也不用提燈籠照路，因為他以歡喜心迎送雲水僧，感得手指發光，亮如燈炬。

駝標比丘知道黑暗中，最需要光明，方便遠來客僧，他用最真誠的心，知道每一位掛單者的需要。因為「燈」就在駝標比丘心中。

斗哥的心燈早已點亮，願做人間點燈人，進行能量交換，不增不減，光光相攝。如今又經法師邀請，斗哥在《人間福報》開專欄〈斗室有燈〉，持續數年，付梓成書，延續法燈明。

推薦序——明燈不滅，因為堅持

口述／高金素梅
整理／石靜文

斗哥在他文章中提到，多年前我曾經做了讓節目延續的點燈人！其實，那只是因緣際會，我湊巧趕上。這麼多年來，無論環境如何艱困，斗哥一直不忘初心的堅守在崗位上，認真而執著，藉由《點燈》的節目或活動，發掘社會各個角落的光明面，他所點的這盞燈，看似光點微弱，但那如燈塔般明晰閃爍的光束，從未停歇！

認識斗哥是他經由朋友的引介後，跑到家中來找我主持《點燈》。當時我正癌症初癒，住在山上養病中，我告訴他，我有唱歌和演戲的經驗，但沒有把握能接主持這樣的工作。斗哥態度真誠又有耐性，但或許應該更準確的說，他真是很能磨人和很堅持，讓我跟他說著說著，也就答應試試了！

《點燈》的主持工作並不輕鬆，因為我不止是要在有冷氣的攝影棚中錄影，還不時得跟著工作團隊到處去採訪出外景，但也因為這樣上山下海到處走的經歷，讓我接觸到更多不同社會層面的人事物，當然，除此還得認真的顧好原本我不熟悉的主持人角色，雖然很考驗，但至今仍覺得那些年累積的見識難得而珍貴。

主持《點燈》的那段時間，我曾從不同採訪對象的身上，看到一些生活在谷底的人，但只要堅持信念，他們總能活出自己人生的光明風景。曾經，我也因為癌症和梅林婚紗大火，讓我面臨人生的低潮，但也因此更加體悟，生命即使短暫，如果能做好一件事，或許也不枉然是給自己一個好好活下去的理由。

我是從小做什麼事，只要決定了就會埋頭一心一意盡力完成使命的人，我只知專心把事情做好就是應該要盡的責任。年輕時在餐廳打工唱歌，為了滿足客人點歌的需求，我總是再累也一定要把不會的歌次日就練會唱好；後來擔任電影女主角，即使有再多的片約，我都堅守絕不軋戲的原則，因為我相信，要做好一件事就得專注。所以，我演出的作品雖不多，也沒能因此賺到更多錢，但專注做好一件事的心意，就算如今已轉換不同的跑道，於我仍是一樣的堅持。

記得首次決定參選立委時，我尚未辭掉《點燈》的主持工作。當時，很多人並不看好我，而我則只知要堅持自己的想法走下去，如今，轉眼我已做了五屆十七年的立委，回想剛選上立委時，我確實專業很不足，所以每週一到週五我都一定待在立法院，週末就到各處的部落去做田野調查。我把自己當成海棉，每天就只專注在吸取新經驗及學習上，唯一的信念，就只是專心和堅持。

是的，或許就是這分堅持和專心的共同信念，讓我和斗哥不需要常見面，卻始終都有一定的默契和感知；我相信，只要默契在，朋友間的情誼與溫度永不降，而只要有堅持，點燃明燈的光亮，亦會長久持續不滅！

此次很榮幸重新加入《點燈》的團隊，充任《今宵多珍重——向警消勇士致敬》音樂會的總召；同時還能在斗哥的新書《發現人生好風景》中與大家見面，真是歡喜。在此祝福活動走入人心，蔚成風範；新書溫暖人心，廣為流傳。

推薦序——親切感的背後

文／齊豫

終於明白為什麼斗哥不只一次的推薦我唱〈親愛的小孩〉，也終於意會為什麼在斗哥的笑容笑聲裡總潛藏著一股和快樂平行的憂心。

「對弱勢的孩子與族群，總有一股沛然而生的親切感……」（出於〈親愛的小孩〉）琢磨了好久，這不是憐又不是疼的「親切感」的背後到底是什麼？

知道點燈基金會是怎麼成立的朋友應該都會佩服斗哥的「阿斗精神」吧！一直以來，斗哥的專欄裡寫的或許是別人的故事，《點燈》的專訪中也多是需要關注的族群，今天看來，這一切都是斗哥心中仗義孫行者的七十二變而已。

沒錯！斗哥自己說風景和視角息息相關，他總是看得到風雨中小草的強勁，總想讓人沐浴於無面不拂的春風和無暗不摧的陽光之中！原來他的感同身受就是支持他二十五年為人點燈的親切感！

推薦序——值得細細品味的好風景

文／夏台鳳

三月返臺的第一天，就接到阿斗的邀約，讓我幫他的新書《發現人生好風景》寫篇序，我受寵若驚，我才剛寫完、發行了我人生的第一本書《相遇就是重逢》，哪有分量幫你寫序啊！但我知道我拗不過他的。

記得他做《點燈》節目的時候，為了鼓勵支持他，我從紐約回臺灣，還特別請我的公公何浩天館長，為他提了「點燈」二個字做為節目的片頭，我倆的姐弟情誼，幾十年來也在他的「點燈」下一直亮著。

阿斗從小的拗個性，讓他沒少挨過媽媽的打，但也因為他的拗個性，使得他做事特別的執著，他認定是對的事情，不管有多難，他一定堅持到底義無反顧的投入，就像他做《點燈》的節目。

為了《點燈》的節目，他上山下海、他傾家蕩產、他在各行各業個個角落，用心去「發現人生好風景」，藉著他的文字在報紙上和大家分享，藉著《點燈》的節目，將這些真善美的真人真事，滿滿的正能量呈現在大家的面前，數十年如一日，這盞燈直到今天，從來沒有因為任何困難而熄過！而這盞善燈不知照亮了多少人，撫慰了多少人的心。

如今他將幾十年來，因《點燈》結緣的感人故事，他用心去發現的人生好風景，毫無保留的跟大家分享。

在人生的道路上，我們每個人可能都曾經和好風景擦肩而過，但現在我們不必惋惜遺憾，阿斗將我們曾經錯過了的人生好風景一一發現出來，讓我們可以慢慢流覽、細細品味風景中的美好。

感謝阿斗用心帶著大家去「發現人生好風景」，我要給你一個大大的「擁抱」。

推薦序——人生好風景

口述／葉樹姍
整理／陳秋雯

最早見到光斗時，是他結束《民生報》東京特派員工作後，回到臺灣在華視製作《點燈》節目，我與哥哥葉樹涵一起受邀當《點燈》來賓，與他結緣。後來因為聖嚴法師的因緣，我擔任由他製作的《不一樣的聲音～與聖嚴師父對談》第三任主持人，一做就做了七年多，算算我們的交情也已經有三十多年了。

光斗的個性很單純、很堅持、也很「牛」。他的堅持，表現在「對的事情就應該要持續下去」。也因為這樣的個性，《點燈》節目和精神才能不斷地延續。

很欣慰有機會在我服務的大愛電視台，這次能與光斗合作，延續《點燈》的正向能量，並邀請齊豫擔任主持人。節目名稱《點燈‧人生好風景》與他的新書書名互相呼應，而這句「人生好風景」也正是光斗的人生寫照。他經常走上迂迴曲折、困難重重的人生旅程，但是在來回盤旋之際，轉個彎，就好似開啟了一條新的道路，總能見到不一樣的風景，並遇見志同道合的貴人與夥伴。

閱讀光斗的文章，文筆流暢，沒有華麗的詞藻，而是用一顆真摯的心，化為文字，娓娓道來，單純而動人，行文之間卻能感受到他細膩的心思。多年來他也一直持續不斷地寫作，記錄人生中各種際遇，出版的作品也總是得到好評。我很開心有機會推薦、祝福他的新書帶著我們繼續「發現人生好風景」。

自序——近在眼前的好風景

我從小就欠缺繪畫天分。

小學三年級，繪畫比賽，級任導師分了幾隻蠟筆，派了幾個學生，在操場寫生，我也被指名參加；其實？何謂寫生？小腦袋裡完全沒有概念。

眼看著左右同學開始塗抹，我有些心急；拚命想像之後，也不知何故，我居然畫起了撐著大傘小傘，紅傘黑傘的人群。適時，臺中女中潭子分部的學生下課，照例穿過我們學校操場，前往火車站。許多好奇的大姊姊圍著我們，對我們的畫開始品頭論足。

一位大嗓門的姊姊，在我旁邊看了一眼，立刻以怪異的口氣問道，前面明明是竹林與稻田，你怎麼畫的全是雨傘？這不是寫生的風景啊；其他的人瞬間都圍了過來，我立即變成了一支蜜麻花，全身上下鑽滿了歡愉的螞蟻群。

我終究與繪畫無緣。

小學五年級，作文課，老師在臺上述說他的旅行經驗，特別提到剛開發完成的橫貫公路，把大自然風景的多彩與萬象，五顏六色全潑上了畫紙般，目不暇給的讓人忍不住瞇上了眼。說著說著，老師忽然問道，有誰坐過飛機旅行過？全班五六十個人，都紛紛搖著頭；我也不知自己的哪根神經岔了線，竟然就舉手了；老師問我，去哪裡坐飛機？我學著母親一位好友的口述，說是坐飛機去花蓮，山好高，飛機搖得好厲害，頭都昏了；善心的老師沒有再追問下去，他鐵定知道，我的謊言已經快要像吹口香糖一樣，隨時要破。

自那以後，我警告自己，絕對絕對不可再說謊。

轉換了另一個方式，我把想像的空間，投射在文字裡；初中二年級，就有模有樣的學寫小說。第一個故事說的是大山裡的一位小喇叭手；孤身置於叢山峻嶺裡的他，只有寂寥的落葉、殘破的古廟、悽愴吶喊的音符相伴。不過，我依然察覺，我不是作家的料。

等到歲數悄然爬升，風霜雪雨都擠上了眉間髮際，也才漸次琢磨出，所謂的風景，不見得都是眼中的山禽水蟲、照片影像；其實，心中層層巒巒，高迭建構的起伏丘壑，所掩映鋪陳的人影、事件、失意、困惑、徬徨、傷痕、歡喜、感動等，才是不會褪色、不會失焦的人生風景線。

我始終慶幸，就在二十五年前，剛好年逾四十之際，有如鬼使神差，我在人生一個關鍵性的轉彎處，居然就選擇了一條藏在雲霧中的盤旋山道，且是義無反顧的昂首前行。直到若干年後，偶一回望，才發現這一路的好山好水好風景，遠遠不是當年懵懂的自己所能想像展望得到。

《點燈》節目是在一九九四年的八月底，在華視首播。我們打出「感恩」的旗號，強調「知道感恩的人不會壞，知道感恩的社會不會變亂」，專門報導社會上，升斗小民的感恩故事。節目播出後，立即得到極大的迴響，就連綜藝節目都群起模仿。我個人因為《點燈》第二集製作了「法鼓山」創辦人——聖嚴師父的感恩故事，也因緣際會的成了佛門弟子，皈依在聖嚴師父座下。

一年後，有感於《點燈》節目有太多的分身出現在各個頻道上（臺灣開放了電視頻道），我們將節目的重心移轉到關懷土地、弱勢團體、鼓舞生命勇士等主題上。我們上梨山，報導國寶魚——櫻花鉤吻鮭的滅絕現況；到了嘉義與高雄、屏東，敘述了器官捐贈的人間大愛；去了花蓮關心救援雛妓的壯闊行動；九二一大地震後，持續追蹤災後重建的族群，是如何心手焊接，迸射出生命的光華……或許，有了宗教的薰染與教誨，我那原先剛硬魯鈍，不知天高地厚的粗糙心性，學會了如何柔軟、如何內化；進而去點亮黝暗角落裡，一個個徬徨無依的生命；以及透過一個力量微小的公器，將代表希望善念的燈火，持續傳播出去。

臺灣社會不停的向前滾動，人心在變，社會也被無明的迷霧團團束縛。《點燈》先是被華視喊停，幸虧中視立即招手，延緩了兩年壽命；緊接著，中視棄養，華視又如迎回閨女般的熱情，讓《點燈》再度回到老東家懷抱。

《點燈》十週年，我們邀請了歷年參加節目的來賓，在華視最大的攝影棚做了十年回顧。當時的華視主管在切蛋糕的同時，大聲回應：「像《點燈》這麼具有公益良知、社會教化的節目，不要說是十年了，華視應該要二十年、三十年的永續經營下去……」

不到半年，我在紐約，拍攝師父的弘法行腳。某日，接到臺北的電話，說是華視明言，一集砍到個位數的製作費也不出了。我呆立原處，心想，該來的終究還是來了。師父剛好走過我面前，回頭問我，臺灣有事嗎？我搖頭；師父又問一聲，臺灣有事嗎？我只能囁囁而語，道出實情；師父沒說任何話，轉身步入禪堂。

隔天上午，師父準備進入禪堂開示，我立於門口，要幫師父裝上小蜜蜂（收音器）。裝好後，師父剛要起步，忽然一個回頭，對著我，以輕鬆又自在的口氣說：「嘿嘿！哪天阿斗不在了，說不定《點燈》還在喔！」言罷，師父進去了，反倒留下我一人，在外面發杵呆愣。

我傻在原處許久，一再咀嚼師父扔給我要參的話頭：「哪天阿斗不在了，說不定《點燈》還在。」依照章回小說的寫法，我大概被釘在原處有一頓飯的功夫吧？然後，我想通了：《點燈》不是你張光斗的，它取之於社會用之於社會；如果社會需要它，它就會存在，反之，自然就會消彌不見。

這個故事，我經常與好友分享。因為，師父在其他場合也開示過：「沒有人做的事，就我來吧！」、「只要認為是對的事，就勇敢去做；再難，終會有人出來幫忙的。」

是故，由《點燈》跨進第十一年開始，我們成立了協會，開始募款，延續《點燈》節目的命脈。搬到公共電視製播兩年後，第三度回到已經加入公廣集團的華視。之後，我們成立基金會，與華視簽訂的合約記載得很清楚，節目的製作費用自行籌措，攝影棚與後製作則由華視負責，版權屬於點燈基金會，但是華視得以擁有永久播映權。

支持我的一些友人對此頗有微詞，認為今年募到製作費，並不保證明年的募款會是順利的，多少應該讓公廣集團的華視，也能為教化人心的節目，付出一點代表誠意的金額。我這冬烘頭腦，卻始終無法向華視開口要錢。

《點燈》進入二十歲的關口，再次遭到狂風巨浪，我們又一次揮別華視。也因為社會的景氣持續下降，善款愈來愈難以募得，加上我自己的健康出現問題，最終，只能嘗試再轉一個彎——募多少錢，做多少事。此後連續幾年，我們每年製作一季（十三集）節目；很幸運的，受到公視主管的青睞與支持，皆能順利在公共電視的頻道播出。

製作節目的集數減少，我們反倒有了更寬裕的時間與精力來觀察社會上亟須關心的話題與族群。例如二十週年時，我們在大安森林公園舉辦《愛擁抱》演唱會（該年度發生臺北捷運殺人事件）。二十一週年，在臺北市中山堂舉辦《哥哥爸爸真偉大——向軍人致敬》演唱會（時為抗日勝利七十週年）。二十二歲時，又在中山堂為身障人士舉辦《迎著光，看見生命勇士》演唱會。二十三週年，在新北市舉辦《老師我愛您——向老師致敬》演唱會。二十四週年，則為聖嚴師父的圓寂十週年，操辦了紀念音樂會。

如今，跨進了第二十五年的門檻，我們的燈光照見了大愛電視臺；籌備了半年的時間，製作了兩季（計二十六集）節目，自二〇一九年的三月開始，在大愛電視臺的頻道播出。同樣的，要萬分感謝《點燈》過去的夥伴：葉樹姍、靳秀麗以及大愛臺的大力襄贊。這是近年來，我們首次有了財源的供輸，不用再苦苦募款，來支撐這盞燈的不滅長明。

我們也在這一年發現了新的視野，替《點燈》找到了新的副標「點燈——人生好風景」，希望這二十六個啟迪人心的動人故事，在主持人齊豫的穿針引線下，讓觀眾在艱困的世道裡，也能以歡喜心來屏除負面思考；以更寬廣的懷抱，來擁有人生中每一段美麗且絕不褪色的好風景。

選在二十五歲的此刻，我們與時報出版社結緣，一同來完成這一本新書的問世。感謝《聯合報》副刊與繽紛版，感謝《人間福報》副刊，如果沒有這兩份報紙提供的專欄書寫，我不知如何能夠臨時搬出這六、七萬字。

當然，更要感謝《點燈》節目的團隊，沒日沒夜的採訪、錄影、剪接……還有，促成《今宵多珍重——向警消勇士致敬》音樂會的幕前與幕後的夥伴們，這一次活動的難度倍增，擔負的壓力也是前所未有；所幸，我們都牢牢記住了初心，沒有灰心喪志。

原來，這個活動的舉行，如同《點燈》二十五年來所翻越的腳程——山重水複疑無路；只要咬緊牙，憋足氣，邁直腿，才繞過一個山頭，就可發現——柳暗花明又一村。所謂的人生好風景，竟是近在眼前。

輯一

不忘今宵

向警消勇士致敬

我們經常把父母對自己的疼愛、配偶對自己的關照、手足對自己的提攜……視為理所當然，往往不去在意，更遑論是說聲謝謝。正如同一呼一吸之間，從未感謝過生命在空氣中的流轉，需要分分秒秒的算計；誰又會估量，呼吸這件再平凡不過的本能，是老天如何貴重的恩賜？

曾經在一個傾盆大雨的下班時刻，臺北市仁愛路圓環，因為一部闖紅燈的轎車，打橫在車流裡，前後左右的來車瞬間大亂；幸運者斜切而過，溜之大吉；惹麻煩者稍一動作，心急如焚的車流，不但繼續卡住，還加大了彼此牽制的範圍。於是，洪濤般的喇吧聲，鋪天蓋地的淹沒了彼此的去路；我坐在計程車裡，除了擔心下一個約會肯定要遲到，還必須忍受司機的怒罵與嘆息；我得承認，我已萌生落荒而逃的念頭，雖說並沒有攜帶雨具。

的故事。我終究沒有下車。不忍棄司機於不顧的一念之仁，讓我親眼目睹了接下來發生

偶一回頭，發現一摩托車騎士，將車子斜靠在路邊，由後座拿出一件黃色背心穿在身上；他掀掉安全帽的頭頂，瞬間被大雨淋了個落湯雞。他不急不緩的穿梭在車陣中，嘴裡的哨子響起，舉起手臂果決地開始導引，一寸寸的，打結不動的車陣開始有了動靜，我的那位計程司機難得閉上嘴，臉上泛出淺淺的笑意；當我們的車子終於得以脫困時，司機搖下車窗，對著那位義警比了個大拇指；我留意到了，義警當然沒有看見，他的雙眼與雙手如千眼千手觀音，專注的投入在芸芸眾生的痴迷嗔怒中。

又有一次，同樣在雨中的下班車流裡，我站在路口，準備橫過十字路口。有些不守規矩的車輛，在左轉專用車道並行，甚至多出第三列的車子。站在馬路當中，身陷險境的義警，指著虎視眈眈、蔑視交通規則的車子狂吹哨子，但是沒用啊！自由意識高漲的駕車者，根本無動於衷，畢竟義警的手裡沒有罰單這項公器。終於，我這邊的綠燈亮起，義警快步上前，以紅白色交錯的警棍，護著行人，不讓另一邊徐徐逼近的摩托車隊再靠近我們一步；我這才發現，義警是位女性。我搶在擦身而

過的短短兩秒鐘，大聲跟她說了聲謝謝，她火速回答我，不謝！

×

二〇一四年七月三十一日的午夜至八月一日凌晨，高雄市發生駭人的氣爆事件，造成三十二位罹難者，其中包括五位警消、兩位義消。

《點燈》節目適巧訪問過在那次氣爆事件中差點犧牲的打火英雄——余泰運。余泰運是在第二次氣爆時，因為要弟兄們在消防車內暫時休息，自己站在消防車外，而被高溫的氣爆波及；他救援完受傷弟兄的同時，才在氣盡後昏迷，隨即被醫生察覺，他的呼吸器官被高溫嚴重灼傷，命在旦夕。

余泰運在加護病房住了二十八天，每天聽到換藥車過來，他的血壓立即狂飆，那種痛楚，讓他至今都不敢回想。就算出院了，坐在妻子駕駛的摩托車後座，吹過來的風，就像切割他臉上傷痕的手術刀，刀刀痛到要飆淚。多年來，雖然外傷結痂了，但是，耳邊經常泛起的「救我」聲音，成了他揮之不去的夢魘，讓他經常陷在自責的深淵裡無法自拔；他老在後悔，當初為什麼不能多救幾條人命出來？

如今，余泰運勇敢地重回打火隊伍，每每在危難中，帶著弟兄衝鋒陷陣；但是，他內心裡那塊最脆弱且尚未痊癒的傷口，卻絕不能碰觸。

余泰運帶著太太到攝影棚錄影的當天，對棚裡的一切都興趣盎然，不停的找人簽名，差點連現場導播都不放過；我想，如此旺盛的生命力，或許才是他咬著牙，熬過無數次復健的力量來源。我走近他身邊，看到他臉上遭火欺凌的細紋，像是沙丘上一道道排列整齊的細沙，我差點想問他，現在還疼嗎？

消防人員與警察，等於是最貼近老百姓，乃至於攸關老百姓生死的救命菩薩。他們不要求任何條件，不具任何野心，只是聞聲救苦，永遠心繫在老百姓身上。我們經常看見救火車、救護車、警車在街頭呼嘯而過，次數多了，時間久了，我們頂多會同情受傷或遇火的人，但是，我們可曾起心動念過，應該要好好感謝一下這些消防人員與警察們？

×

二〇一八年年底，我在臉書上讀到一篇葉毓蘭教授的貼文。

一位年輕俊碩，初出校門的警察，在實習出勤的任務中，為了處理高速公路的事故，居然成了受害者，被失速的後來車輛撞成重傷；急救無效，被判定腦死後，傷心欲絕的父母，竟然捨得捐出他的器官，讓他那幾成灰燼的生命再次綻放光彩，燃起數個長期處在焦慮中、無氣力的陌生人身上。

他是王黃冠鈞。

我立刻跟自己說，我要趕緊跟上進度，進一步的來認識冠鈞以及他的家人們。

趕在農曆年前，位於高雄岡山的保安警察第五總隊，我見到了冠鈞的父親——同樣是警察的黃中興先生。黃先生溫文儒雅，非常親切的跟我聊起臺灣當前的一些社會現象。每當話題轉到冠鈞身上，黃先生總會抿一下嘴唇，像是扭低收音機的音量，就可以減弱胸口上的疼痛。

他說，冠鈞是家裡排行第二，也是他的長子，冠鈞上有一姊，下有一弟。可惜的是，一表人才的冠鈞還來不及交到女友；冠鈞爸爸遺憾的說，好可惜啊，否則冠鈞鐵定會是個溫柔貼心的暖男。

隔天，我再次啟程，前往屏東瑪家鄉，見到冠鈞的母親王清英女士以及姊姊子禎、弟弟飛鴻。媽媽當然是心疼冠鈞的，稱讚冠鈞是難得的好兒子，每逢假日，姊姊弟弟還在睡懶覺，冠鈞已經早早起床，幫忙清掃家的裡裡外外。姊姊與弟弟也說冠鈞最好講話、最好欺負，是再也找不到的好兄弟。

看到冠鈞年輕又俊美的照片，我想，誰都無法想像這一家失去的是怎樣一個出眾傑出的好成員。看到媽媽極力壓抑著波濤洶湧的情緒，弟弟飛鴻飛快跑上樓，抱下來一隻警政署陳家欽署長送給冠鈞媽媽的可愛熊寶寶，冠鈞媽媽的眼底終是泛起了閃爍的淚光。她說，這是陳署長的好心，陳署長告訴他，無論何時，只要想念起冠鈞，就緊緊地摟住熊寶寶，把熊寶寶當作是依然在世的冠鈞。

而冠鈞就葬在離家不遠的家族墓園。當我行完禮後，冠鈞爸爸在旁對著冠鈞的牌位說，冠鈞！今天有好多朋友來看你喔，說完便哽噎了。

×

一個年輕生命的殞落，惋惜的是家庭社會的栽培付之一炬：不捨的是足以報效家國的粗壯樹幹硬被斲斷。

我一直在思考，我們寄望的理想國度，是怎樣的一種樣貌？每天充塞在眾人眼前的謾罵、口水、敵視、撕扯、虛妄、怒顏、貪婪……真的只是亂世裡的怪獸嗎？沉默無語的大眾，只是敢怒不敢言？或是恐懼失去理智的怪獸惡形乍現，便會將仗義發言者吞食嚼碎掉？

我們真是個不懂得感恩，麻木無感的民族嗎？為什麼只會一味的要求那些同樣是父母生養的警消拋頭顱灑熱血的同時，反倒曲解他們的身分及待遇，甚至連一聲謝謝都吝於說出口？

如是這般，幾經周旋、會商，我們決議在今年六月十五日，警察節的當晚，於臺大體育館，舉辦一場《今宵多珍重——向警消勇士致敬》公益音樂會；由郎祖筠、趙自強主持，歌手周華健、陳建年、黃品源、辛曉琪、艾怡良……都將出席參加。以至情至性的歌聲，代表了全國百姓，向這些保護我們身家性命的警消人員，致以最高的敬意與謝意。當然，余泰運、王黃冠鈞，以及千千萬萬個警消勇士的故事，也將在節目中再現。除了希望社會大眾藉由這個活動，向保護我們身家性命的警消勇士們說聲謝謝之外，也能將盈餘捐給退休及弱勢警消、遺孤們。

莎士比亞說過：「假如音樂是愛情的食糧，奏吧！」此刻，我們想說的是：「假如音樂是感恩的符號，唱吧！」

今宵多珍重

音樂有療癒作用，專家學者早有定論不說，還將唱歌推論為長壽的首要成因。有一首歌，便是我輩男子的集體回憶——〈今宵多珍重〉。

曾經，上成功嶺接受軍訓，是大專兵一生至為難忘的洗禮。在那個升學率依然處於「窄門」的時代，得以上成功嶺，已被視為某種光宗耀祖的榮光；成功嶺為家人開放的懇親會，往往是父母伴著爺爺奶奶、婆婆嬸嬸、叔叔伯伯……一同探視剃著光頭的寶貝兒子的「最浪漫時刻」。

這些天之驕子，雖然美其名是訓練革命軍人的堅強體魄，但是骨子裡，卻是受到軍方無微不至的優惠禮遇，深怕一個不小心，讓這批初出家門的娃娃兵生病、受傷，那可是要背負沒有善待龍的傳人的罵名。

每晚的晚點名結束，所有的受訓男兒躺在床上，每間營房的擴音機便傳出了老牌歌手崔萍的招牌歌〈今宵多珍重〉；在那聲聲酥人心胸的「晚風吻臉親親，飄過來花香濃……我們臨別依依，要再見在夢中……」我真的聽到隔鄰的某位同學，蒙起被子嗚嗚的哭出聲音。

沒有錯，我輩的那群人，對於〈今宵多珍重〉這首歌，的確存有一分難以言喻的情感。那是雜燴著離家的不安、面對成人世界的焦慮、適應嚴明規矩的惶惑等等諸多滋味的現實體會；這首歌，適時撫慰了吾等騷動焦慮的心。

由六〇年代臺視歌唱節目《群星會》開始，涉過滾滾江濤的時代巨流，麥克風傳到了鳳飛飛、蔡琴、費玉清的手中，〈今宵多珍重〉有各種版本重現在世人的眼前耳畔，我卻是一往情深的鍾情於崔萍的嗓音。

崔萍的唱功屬於過去的流行程式，咬字清楚，情緒沉緩，沒有太多修飾音，就是溫柔貼熨著你的心，讓你在她的歌聲裡得到療癒，獲取慰藉。後來的歌手如紫薇、美黛……都有崔萍的招牌唱腔，也紛紛在流行音樂的洗淘中，獲取到了一定的地位。

✕

崔萍的〈今宵多珍重〉，的確在我的人生當中，爬梳過許多烙痕很深的印記。

高四的上半年，我每天騎著自行車，由潭子騎到臺中，繼續在補習班混日子。去程的下坡路段多，讓風灌滿夾克的動感，顧盼自雄，各種夢想都跟著膨脹起來，自嗨到不行。回程，換成上坡了，還得經過幾處公墓區；置身在墨黑公路上，每每騎到氣喘吁吁，還要擔心不知名的鬼魂在我耳邊吹氣，頭皮真會發麻；於是，大聲唱歌，成了鼓舞士氣的唯一途徑。一連串記得的歌曲都唱完了，必然會以〈今宵多珍重〉作為最後的安可曲。我想，這首歌有安撫的作用，再凶的厲鬼，總能因此放我一馬，不至於苦苦糾纏我不放吧。

距離大學聯考僅剩半年，母親難得接受表姊的建議，放我到臺北上補習班。

南門市場斜對面的巷子裡，如今早換了招牌的「志成」補習班，是我青春歲月最為黯淡的寄身處。距離補習班不遠的宿舍，又窄又暗，幾個人擠在一間；自房間對面飄來的廁所嗆味，加上沒有窗戶的房間裡，毫不通風的臭襪子、汗餿味，逼了我若不是真的累了倦了，是絕對不會回去睡覺。

南門市場商圈非常繁榮，我每個月要花不少補習費、住宿、飯費，絲毫沒有多餘的膽子和餘力，去逛小吃攤，更別說是上館子了；唯一可去的就是打菜的自助餐，每頓飯的預算固定，尤其不敢將眼神掃到炸排骨、滷雞腿上。

我把兩位高中同學由臺中誘拐上來，心想，不但有伴，還能彼此砥礪。不過，其中一位外號「羊屎」的同學，居然在補習班結識了一位家庭富有的女同學，兩人瞬間打得火熱不說，還經常進出附近有名的菜館，把我羨慕到只有猛吞口水的分。

難免會做比較的我，心情自然變得低落，覺得蒼白的趕考日子，真不是人過的，一本本的講義與參考書，漸漸被我扔得遠遠的。

有一天，國文課，老師教完了進度，離下課還有一點時間，他忽然有感而發的說，要唱首歌給我們聽，這還真稀罕，他也不怕學生檢舉他上課不夠認真。當老師唱出〈今宵多珍重〉時，班上的同學沒有幾個有反應，只有我默默的跟著他唱著，還發現他有段歌詞唱錯了。老實說，他的歌喉真不怎麼了得，但是唱完後的一段話，卻完全翻轉了我頹廢的情緒。

他說，我們這群在教室準備重考的學生，顯然在人生的跑道上，摔過一大跤；雖然都有心無意地在此準備東山再起，但是能否考得上大學，要看我們是否使上全部的心力。他之所以唱這首歌給我們聽，是因為考上大學，上成功嶺受暑訓或寒訓，每晚熄燈號之前，都能聽到這首歌。他說〈今宵多珍重〉變成一個重要的符號，就像是勝利女神獎賞給大學生的一份珍貴禮物，如果想實地體會這首歌的美好與舒心，那麼，請埋首苦讀，考上大學吧！

當天晚上，離開補習班，我穿過宿舍沒有進去。沿著街燈下行走，看著自己的身影忽長忽短，忽有忽無，不禁的唱起〈今宵多珍重〉：「不管明天，到明天要相送，戀著今宵，把今宵多珍重……」

就從那一晚開始，我對念書有點開竅，除了數學毫無進展，其他科目的考試成績，逐漸往上爬升，就連閱報欄上，報紙登載的模擬試題，也大都能答對。最終，當年的大學聯招，乙組的最低分是三六三點零二，我考了三六二點零二，就差一分，轟然落榜；所幸，在隨後的三專考試，終於擠進大專的大門，考上了我心儀的「電影編導科」。

就在那年溽暑的成功嶺上，每晚，躺在床上，電風扇吹著，眼睛閉著，聽到擴音機傳來崔萍的〈今宵多珍重〉，我在慶幸之餘，也不時想起補習班老師的歌聲，雖然，他唱得真是荒腔走板。

長青村的難為長媳

與芳姿結緣，有十年了。

嗓門大、笑聲亮、眼淚多、行動快。

那是九二一大地震十週年的前後。

我們連續數週深入南投，透過攝影機的鏡頭，訪視那些遭到天災凌虐戕害、身心等候修復癒合的人們。透過新故鄉基金會廖嘉展董事長的介紹，我才得知，有一對災前經營餐廳有成的夫婦，卻於災後建立了一個長照烏托邦，不收一毛錢照顧一群無家可歸的受災老人；更難得的是，他倆也完全沒有支領薪水，就是憑一股傻勁守護著租借自臺糖土地的一片組合屋。

一群包含了陶曉清、殷正洋、吳楚楚在內的「音樂人交流協會」裡的熱情歌手，連續三個月，每個週末，都在埔里的紙教堂舉辦一場民歌演唱會，將關懷的訊息以及暖意，透過歌聲，傳遞給大埔里的百姓們。

芳姿找了老師，自己也「撩」下去，帶著長青村吸睛的老人家，每週在臺上又跳又唱〈路邊的野花不要採〉、〈春天的花蕊〉；結束後，還自挽著的籃子裡，掏出老人家事先編織好的手工藝品，撒給臺下笑逐顏開的觀眾們。我每每被老人家的熱情演出，叫啞了嗓子。

慢慢的，我得到機會接觸長青村的村長陳芳姿，也跟著認識她的另一半——外表有點酷，實際卻是有心人的王子華。

芳姿從不美化她這一路行來的初心。芳姿說，大地震發生時，她在日月潭參加活動，親眼看見一棟八層高的大樓轟然倒塌，那波震撼，讓她首次察覺到生與死的分際。後來，一位法師找她來安厝一群無家可歸的老人，一向熱心腸的她，協助法師，在一寺院裡買進了床與臥具。

不到數個月，寺院無法繼續收容老人，芳姿每至深夜，都守在埔里鎮長的家裡，央求鎮長幫忙想辦法。鎮長動了動腦筋，安排這群老人，住進了長青村的現址。芳姿公開宣布，埔里鎮的編制只有里，沒有村，她這個村長只是方便為老人服務；頂多，她只是村裡的長媳，長媳就是要好好照顧公公婆婆而已。

原本以為忙上三個月，就可以離開長青村，投入自己的餐飲事業；萬萬沒有想到，帶頭的法師卻先行離去，把龐大的家業——長青村，全都交給了芳姿。芳姿無法一人獨撐，當然也立刻將夫婿王子華，抓進了長青村。

長期得不到政府奧援的芳姿，募來了許多二手衣服、玩具、禮品……擺在夜市裡販售；一些知道長青村維持不易的朋友們，加上她與子華的家人，按月捐錢給長青村；村子邊上的菜園，成了老人們健身與生產的重地，起碼村民的菜錢省了下來。之後芳姿學會生產豆腐，又香又是有機的豆腐，也成了長青村與外界以物易物或販售的重要商品。畢竟，每年數十萬的租金，是長媳最為沉重的負擔，她因而長年患有睡眠障礙。

這期間，芳姿當然也要面對各種考驗。曾經有位極度支持她的友人，認定她一定有所貪圖，才會死心塌地守著長青村。知道後的她連續哭了好多天，一直到子華冷冷地問她，她是為了什麼才會守著長青村？是為了討好身旁的所有親戚朋友嗎？芳姿的眼淚頓時收住了，她幽了自己一默：都說人在做天在看，她又何苦在乎外界的誤解與批評？於是，當她放下後，那位誤解她的友人，反而回過頭來向她道歉。

每過一段時間，相關單位就會針對長青村的存廢，前來「檢討」；藝術家個性的子華，乾脆到暨南大學念了一門「公共行政與政策」的碩士學位，找出了應對的方法。緊接著，子華揭櫫了「老，無老」的大旗，率先倡導，長青村得以存活的範例，就是政府機關用力在研議的長照範本；如果一位孤苦的老人，沒有老本住進養老院，難道只能露宿街頭？長青村的老人們，不花一毛錢不說，不但可以有三餐與住處解決溫飽問題，還有義工與雇員的照顧；病了送醫，往生了還有助念室。芳姿也跟著強調，如果宜蘭、花蓮、臺東……都有長青村的分身，他們夫妻一定可以四處去宣講經驗。

芳姿也坦言，不是每位老人都是溫文老實，聽話乖順的。長青村曾有老人在鬧事之餘，喝斥芳姿，女人家滾到一邊去；芳姿不信邪，大義凜然的仲裁其間，發揮長媳的作為，分別出是非對錯，讓惹事的老人安分下來，其他的老人也對芳姿豎起了大拇指。

同樣的，村裡曾經收養過一位失智的老人，實因芳姿看不得那位運將兒子哭到抬不起頭來，而慨然同意。只不過，失智老人進入長青村後，哪怕是派有同居的室友與志工緊盯不放，老人總是不受拘束地四處遊蕩。最後，芳姿製作了布條，上面有長青村的聯絡電話，縫在老人的背後。有一回，老人又失蹤了幾天幾夜，遍尋不著，原本以為要出大事，最後終於找到；當芳姿去警察局領回老人時，又冷又餓的老人居然認出了芳姿，當場流出了眼淚。幸好，芳姿教會了老人念唱阿彌陀佛的佛號，直到某晚，老人還乖乖的躺在床上念佛，隔天上午，便發現老人在夢中過世。芳姿盡了長媳的責任，噙著眼淚，為老人助念送終。

回望過去的二十年，芳姿娓娓道來，讓人疼惜，這家的長媳真是難為啊！不過，芳姿總有辦法，在眼淚還沒擦乾前，又發出一連串咯咯的笑聲。她說，與村裡的老人早已建立深厚感情，加上自己也漸漸老去，再怎麼說，她都不會捨掉長青村的公婆，逍遙村外。

在面對九二一大地震二十週年的此刻，祝福芳姿、子華以及村里所有的長者，在災後僅存的組合屋裡，繼續延續長照的現代神話，為我們邁向老齡化的社會，明亮著那座不倒的燈塔，讓好運與希望永遠流轉在人間。

從地獄爬出來的女子

二〇〇八年的五月十二日十四時二十八分四秒，大陸四川省汶川縣，發生八級大地震，死傷超過十萬人。一位面孔姣好，身材輕盈的舞者——廖智，被壓在倒塌的家中，十層大樓瞬間分崩離析；她那還沒滿週歲的女兒蟲蟲與婆婆，當場死亡。

廖智最終被一位矮小的救難人員救了出來，但雙腿保不住，都需鋸斷。就在等候救援的漫長時光中，廖智抓著女兒已經冰冷的手，不斷哼唱著平日唱給女兒的兒歌；她不曾忘記，在危難中，一位母親應該為孩子盡到的奉獻與天命。

廖智的丈夫，卻在此一時刻離開了瓦礫成堆的家。而後，經過手術的廖智問她丈夫，為何在關鍵時刻不幫她一把，丈夫說，是為了讓廖智日後得以更為堅強。隔年，兩人雖然離婚，廖智卻依舊替丈夫說話，她說，丈夫雖然沒有直說，但她知道，丈夫頓時失去女兒與母親，已經過於悲傷。

廖智在醫院復健的過程，分外引人心疼。她難得有了創作的欲望，卻在練習站立時，疼痛到幾乎暈死過去；如果是意志不夠堅定的人，很可能就此放棄一切，將自己躲進輪椅與黑暗的家中角落，再也走不出形體與心境的殘缺。不過，嬌小的廖智卻擁有堅毅不撓的信念，她流著汗，咬著牙，一次站了比一次久不說，她開始劈腿拉筋，不信自己無法重新跳躍於舞臺上。

經過了刻骨銘心的訓練與蛻變後，手術後才兩個月，蕙質蘭心的廖智，居然就有辦法在一面大鼓上面，嶄露她觸動人心的舞蹈；一夕之間，廖智成了大陸人心目中的生命勇士，各大媒體與電視臺紛紛採訪她，請她亮相。

後來，又發生了雅安大地震，廖智在第一時間裡，趕赴地震現場參加救難隊；人們看她的雙腳殘疾，拒絕了她，廖智卻說，她個頭小，可以鑽進殘磚剩瓦中搜救受難者；她還強調，當初也是一位瘦小的恩人將她救出來的。

逐漸出名的廖智，一本她的純真與直心；媒體朋友問她，雖然沒有雙腳，但是美麗清新的廖智，不可能沒有追求者啊！廖智哈哈一笑，她說，就是沒有勇氣十足的男子，敢站在她家樓下，大聲的告白：「廖智！我愛妳！」

我有幸認識廖智，應該是從另一段故事說起。

×

某次在紐約，認識了王榮、青苑夫婦。他倆非常發心，已退休的王榮，幫聖嚴師父開車；青苑則是師父的專屬文字編輯，替師父整理資料與記述師父的口述著作。後來，他倆也搬回到臺灣。他倆育有二子，皆十分優秀，分別畢業於美國名校，並在上海與舊金山任職就業。

某次，有事想約王榮夫妻，卻聽說他倆趕赴上海，要面對長子 Charles 丟出的一記變化球。Charles 的專業是義肢製造的高科技，被公司派到上海任職。後來，王榮才告訴我，兒子突然說要結婚了，他們夫妻原本非常高興，但等到進一步得知，未來的兒媳婦是位沒有雙腳的身障人士後，作為母親的青苑，自然會思慮更多，諸如：兒子日後除了要面對繁重的工作，還要照顧身體不方便的妻子；萬一有了孩子，定要花上更大的力氣，去分擔育兒的責任。

沒錯！他倆的兒媳婦就是廖智。

王榮看到妻子與兒子劍拔弩張的關係，自是十分不安與不捨。後來，王榮開導青苑道，聖嚴師父平日教導我們，眾生原本平等，都該慈悲對待；如果是身邊的友人出現任何問題，大家都應該出手協助，並不吝給予讚嘆；如今，自己既然碰到了，也該以平常心來面對；他相信，走過死亡陰谷，從地獄爬出來的廖智，絕對比一般女孩子更能體會生命的真諦，也更能珍惜與兒子的因緣。於是乎，青苑破涕為笑了。

二〇一四年，Charles 與廖智回臺宴客，我想趁機拍攝廖智的故事，王榮當然全力促成；但是，Charles 不肯在攝影機前露臉，卻是難倒了我。廖智的故事當然值得報導，但是，她為何得以由地獄攀上天堂，攀上人生的另一個高峰，並覓得一懂她憐她，且如此優秀的丈夫，這也讓更多想要祝福廖智的朋友感到寬心安慰，且鼓勵更多在生活中不順利的人，得以勇敢面對未來，尋找屬於自己的幸福。

最終，廖智的節目未能錄成；他倆宴客的當天，我適巧也飛往國外，進行另一個節目的錄製工作。

二〇一七年的十一月，輪到 Charles 的弟弟宇凡結婚，在臺灣宴客；王榮早早就叮囑我，一定要參加才行，我答應他，當天中午就會由東京搭機回臺，這杯喜酒，我是喝定了。喜宴當晚，當然是高朋滿座，王榮更是欣喜萬分，拿著酒杯，四處招呼親友。忽然，他把專程回來祝賀的大兒子 Charles 與大媳婦廖智，帶到了我的身旁，終於，我見到了這對神仙眷屬不說，還看見了他倆已經一歲的愛情結晶，極為漂亮可愛的女娃娃。

雖然現場熱鬧吵雜，我們卻像認識多年的朋友，立刻聊開了；最後乾脆決定，另約一日見面，再來好好談論他倆的心境與計劃。

王榮在這段時日或許說了我不少好話，兩位年輕人在咖啡店裡，對我十分客氣與恭敬，出口必稱「斗叔」。一旦聽說他倆對公益活動有所展望與期待，我就絲毫不客氣地將自己累積的一些淺薄經驗全盤托出；途中，我希望他倆也談談他們自己的人生規劃，但是他倆同時搖頭了，廖智說，他們真心希望能多聽聽我這過來人的故事與遭遇。

看到兩位才三十歲剛出頭的年輕人，在人生道路上不但練就了高瞻的遠見，也能同步同心的相扶相持，果決的面對日後的艱難挑戰；我數度隱忍住翻騰的情緒，心中叮嚀自己：要好好珍惜僅剩的生命與熱情，一定要在他們需要的時候，隨時出手發聲。

我已答應他倆，下一回相見，將介紹身邊的許多生命勇士，與他倆牽手並行。

當然，從地獄爬出來的女子——廖智，這位臺灣媳婦，相信也會在日後，為海峽兩岸的身障人士，鋪陳出筆直的友誼之橋，那絕對會譜出更動人的樂章，讓世人高歌不輟。

奇遇成就好風景

人與人的際遇太奇妙，投緣與否，彷若早有一本寫妥萬年的天書，萬般皆是命，半點不由人。

明明與此人沒有交集，就算見到了，百般的不投契，哪怕對方說話的腔調都刺耳難馴，恨不得趕緊落荒逃去。若干年月過去，偶然再見，忽覺那人換了靈魂，怎麼就都看順了眼，剎那拉近了距離，句句投機，無論是茶是酒，盞盞飲盡。

這，算是某種程度的奇遇吧？

也有時候，才一遠遠見著，那人就像熟識了千百年；就算來不及對照到面，但只不過才打了個盹，那人已在另一個不同的場合，笑意盈盈地伸出雙手，等著與你相握。

✕

與齊豫的奇遇，就頗有一點禪意。

為了替法鼓山位於臺中的寶雲寺落成啟用，自二〇一四年的八月份開始，我們接連企劃了七場「法華智慧講座——活出絕妙人生」，邀請社會各界的著名人士，擔任主講者：施振榮、吳念真、張學友、王俠軍、蔣勳都是座上客；其中有一場請到了齊豫、邵曉鈴。

演出的當天，集合時間到了，齊豫一臉淨素，沒有上妝，一邊吃著便當，一邊針對腳本與我們交換意見；她原先是打算稍後再粉妝上陣的，無奈負責攝影的工作人員，已迫不及待地左右穿梭，開始拍照，齊豫不帶一絲火氣，立馬放下筷子，不好意思地說，既然此刻就要拍照，她就先去化妝了。我想那天中午，她肯定是餓著肚子的吧。

活動一開始，來賓們開始主述自己的人生體驗。例如，主持人提及邵曉鈴女士曾碰到一場大車禍，幸運的被搶救回來，但是失去了一隻手臂。有一次，經過一菜場，一位熱情的婦人抓住邵曉鈴問候，卻一把就將義肢扯了下來，一時之間，在場的人全都傻住，尷尬得不知如何是好；沒想到邵曉鈴反而立刻向那位婦人致歉，問道有沒有嚇著她？聽著聽著，坐在一旁的齊豫開始啜泣，我當她是被感動到泣不成聲，後來才知道，她是當場起了慚愧心，她是有感於自己碰到的困境都是自己造的因，不能如其他來賓般的堅強與豁達。

依照原先的設定，齊豫是要為大眾高歌一曲〈橄欖樹〉的，但以當場的狀況來看，若是換做任何一位歌手，或許會無法平順好情緒和嗓音來唱歌，而臨時喊卡。萬萬沒有想到，齊豫居然還是站了起來，願意唱歌。可以想見，她的氣一下子提不上來，一張口很可能就要失常，但是齊豫卻純真的、如實的、誠懇地唱了起來；本來，我的心是揪著的，擔心她的嗓子哽著、噎著，等到真的聽到她哽著、噎著的歌聲，竟完全被震懾住了，那種沒有任何修飾、造作的聲音，才真的是天籟呀！我低頭翻著口袋尋找手帕，卻看到鄰座的人都已哭成一片淚海。

自此，我成了齊豫的鐵粉。

後來，我們計劃在中山堂主辦一場《哥哥爸爸真偉大》演唱會，在抗日勝利七十週年的時刻，向國軍致敬。籌備會議中，每每為了邀請的歌手與節目內容，傷透了腦筋。後來，總策劃端端說，她來邀請齊豫看看，沒想到齊豫很快就答應了。

等到她來開會，對於節目內容完全配合不說，我們指定的〈西子姑娘〉、〈綠島小夜曲〉這兩首歌，她從未唱過，卻專業又謙虛的說，她回去就練，希望能符合我們的期待。然後，齊豫又追加給我們一份禮物——她願意擔任我們演唱會的活動代言人。

隔年，我們為身障人士舉辦了《看見生命勇士》演唱會，安排一群極富才華的身障人士，以最好的場地、音樂、燈光、音響，與知名歌手同臺演出。齊豫再次連莊，擔任代言人，也與腦麻歌手程志賢，合唱了一首〈愛拚才會贏〉，瞬間引爆全場，讓現場來賓嗨翻了天。

再隔年，她繼續支持，參加《老師我愛您》演唱會。只要是節目的要求，她都全力配合，沒有任何意見。

這連續三年，齊豫不但義務演出，沒有收取任何酬勞，還私下塞錢給我買票，藉口要請她的朋友前來觀賞，卻一心繫於點燈基金會是否會賠錢。

《看見生命勇士》的那場演出，我們難得有了十萬元臺幣的盈餘，我跟齊豫說，她是代言人，是否可以將這點錢，親自送到臺中私立惠明盲校，因為《點燈》節目做過報導，知道該校收容許多失明、智障等多重障礙的孩子，經營得非常辛苦，齊豫毫不猶豫答應了。前往惠明的當天上午，我們將那筆善款交到賴校長手上時，我才發現，齊豫自己默默地又加了十萬臺幣進去。我看見賴校長的眼裡淚水在打轉，他緊緊抓著那個信封，嘴角微微地顫抖著。

×

愈是與齊豫接觸多了，愈是發現，她的良善與慈悲，是打內心裡涓滴流出，好似渾然天成，沒有一絲嬌柔與裝佯。

前一陣子，大愛電視臺的總監葉樹姍與我聯絡，希望《點燈》節目也能在該臺的頻道上發光發熱，但唯一的附帶條件就是請齊豫擔綱主持人的工作。老實說，我沒有一點把握。

果不其然，聽我一開口，齊豫就回絕了，她笑稱自己說話的聲音不好聽，擔心無法勝任這份工作。經過我再三說明，並且強調，透過大愛電視臺的全球播出網，可以將《點燈》長年傳播正能量、讓世人看見愛的努力，傳達出去；齊豫才說，她考慮看看。

經過了長考，我一直沒有得到她的回應，心想，也許因緣還不成熟吧！等到我留話給她，想確認她是否真的放棄這次合作的機會時，她居然同意了。

是故，《點燈．人生好風景》的節目，於焉誕生。

人生處處皆有好風景，關鍵在於你的心中、眼底，是否存有一個美好的視角。與齊豫的奇遇，已然蔚成一道美好的風景；此一景色，繽紛絢爛，相信也必然怡心宜人。

異於常人的藝人

顧寶明與郎祖筠兩位戲精，要在舞臺上飆戲，若是錯過，肯定會教人遺憾終生。大概聽到我的念叨了，阿郎郎祖筠主動來電，說是要幫我留票；雖然心中大喜，可還得保有自尊，趕緊回道，要付錢才成；阿郎大概在忙，沒好氣的駁我，沒票啦，只有她手中的公關票！我立即點頭如搗蒜，帶點諂媚的答道：給我！我要！

早早就盼著《接送情》上檔的我，如年輕時等著某部知名電影的上映，有點失神，總擔心上檔的當天若發生大地震、颱風、停電等霉事而叫停，那該怎麼辦？等到真的坐進國家戲劇院，看著序幕拉開，心中那股美滋滋的情愫，才歡歡喜喜的湧上心頭。

阿郎一人分飾三個角色：五〇年代的醫院大小姐、國共內戰與夫分離的山東大娘、留美的英俊兒子（反串）。我跟著劇情的行進，或笑或哭；尤其是上半場的最後一幕，寶哥飾演的老兵，與結髮老妻在香港聚首的下一刻，再度分離；阿郎一口如假包換的山東土話，將一位有情有義的老嫗情懷，絲絲入扣地演繹完成；等到中場休息的燈亮了，抹掉臉上淚水的同時，我突然心生感嘆，如果曾經當過阿兵哥的郎叔，此刻也坐在臺下，該會對他閨女的才情與努力，洋溢出多麼澎拜的驕傲與讚嘆啊！

×

阿郎的尊翁，大名郎承林，七〇年代前後的電視臺，所有的演藝人員，工作人員，沒人不知道「郎叔」這號人物的。

郎叔的個頭不高，憨厚篤實，帶點肚腩；喜氣的五官，襯托著嘴角被檳榔染上的橙紅，有型；話雖不多，蘇北口音的腔調，應該是飾演私塾老師、忠心管家的最佳人選。

郎叔在電視臺雖然位階不高，卻舉足輕重；任何節目，無論綜藝戲劇，只要臨時需要金絲雀、三輪車、臭豆腐、內包綠豆餡的麻糬也只有他，郎叔，才得以在最短的時間裡找到。

鬼靈精怪的阿郎，或許因早早就跟著郎叔，在電視臺裡穿梭巡弋，自然吸收了演藝大神所有的精華能量，日後竟然出落成一位出色的「異人」，從唱歌、演戲、主持、單口雙口相聲、編劇、導演……幾乎沒有一樣不會且不精；您說，她不是異於常人的藝人，又是什麼？

我是念世新的時候，在臺視打工，做劇務，認識了郎叔。郎叔很照應我，有時我們一起上場，串演臨時演員，他總會將當道具的蛋糕、花生偷偷的塞給我。後來我出國，又回來省親，到電視臺訪友，碰到郎叔，郎叔就抓著我的手臂不放，堅持要我騰出時間，想請我吃飯；我一來真忙，二來不好意思，也總是拂逆郎叔的美意。但說也奇怪，後來跟阿郎熟了，還一起工作，每每想約阿郎小聚，阿郎總有理由推託，不肯應卯；我於是跟阿郎笑說，妳這是存心替妳爹報仇。

憑著我與郎叔的因緣與交情，阿郎算是我的姪女。阿郎起先稱呼我為「斗叔」，後來大概覺得太正式，太有距離，乾脆改為「斗製作」。無論她叫我啥，我還真以這樣一位出色的姪女為榮。

阿郎曾經擔任過《點燈》節目主持人，有數年之久。後來電視臺與我商議，希望節目能夠年輕化，最好讓更年輕的主持人來接棒。我拜託阿郎在密密麻麻的檔期中，勻給我兩小時，約了喝咖啡。老實說，要當著她的面，將換人的決定說出口，還真是件苦差事。我先是跟她說，有一回跟郎媽媽聊天，郎媽媽開心的告訴我，阿郎自從主持《點燈》之後，人都有點不一樣，變得更有耐心與愛心，就算要篤信天主的阿郎去訪問郎媽媽親近的佛教大師，阿郎都一聲不吭的去做了。阿郎笑了，她說，這是應該的啊，宗教本來就應該彼此尊重包容的。

等到迂迴了半天，實在詞窮了，我只好將來意和盤托出；阿郎很貼心，不但沒有任何不悅之色，反而立即像是轉換頻道似的，上山下海的聊些讓我噴飯的有趣話題；那一刻，我對阿郎起了恭敬心，她居然還顧及我的尷尬處境，避免讓我繼續難堪下去。

我對阿郎的才情，卻是念念不忘。

二〇一五年，點燈基金會籌辦《哥哥爸爸真偉大——向軍人致敬》演唱會，內容包羅萬象，有紀錄片、短劇、相聲、歌唱……難度很高；我打了電話給阿郎，請她出任總導演兼編劇、演員、主持，她一口答應，我剎那間吞下了數顆定心丸。

等到正式演出的當晚，中山堂的大幕要拉開了，卻因我們粗心的失誤，造成與會嘉賓的煩惱，婉拒了預定的開幕致詞。我火燒屁股般的奔至後臺，將突發事件告知團隊；此時，阿郎就是那救世主，她一肩將重任承擔下來，火速換了套適合的衣服，走至前臺，以沉著的態度與謙和感恩的語調感謝嘉賓的全力贊助，不但立即緩和了當事人的不快情緒，隨後也應了阿郎的邀請，雍容可靄的步上了舞臺；祝賀大會成功之餘，還帶頭呼口號，掀起了會場的第一個大高潮。

整場演唱會結束後，我一個箭步衝上舞臺，用力地擁抱住我那出色義氣的姪女，激動到熱淚盈眶；阿郎被我害的眼眶發紅，那個瞬間，我相信阿郎是懂得我對她的感念與敬重的。

次年，《點燈——看見生命勇士》演唱會，向不畏挫折的身障人士致敬；阿郎依然是我最得力的大柱子，有她在，我高枕無憂，最麻煩的事情全都扔給她，她也照單全收。只可惜，今年的《老師我愛您》演唱會，因時間與地點決定太晚，與阿郎的舞臺劇撞個正著，她每見我一次，都跟我說聲對不起。

我的確非常非常的幸福，不但擁有無數同齡的知交好友，就連較我年長，甚至如阿郎般的年輕晚輩，都能相交摯深。感恩郎叔郎媽媽，把阿郎教得這麼好哇！

親愛的小孩

寒流肆虐的午後，老天爺被凍得鼻青臉腫；祂皺著眉頭，癟著嘴，鐵著面容，不見一絲光暈。我快速走出捷運站，奔向和朋友約定的咖啡廳，眼看就要遲到了。

我走著走著，在巷口一家便利店的走道前，看見一位明顯具有智能障礙的孩子，手中捧著一盒紮著彩帶的手做餅乾；他沒有出聲叫賣，就是低著頭，就那麼站著。然而因時間緊迫，我無法慢下腳步，只能多看那孩子兩眼。

將近兩小時過去，會議結束了，我反向捷運站行去，居然見到那孩子依然站在原處，手中的餅乾也不見減少。我走過去問他，一包多少錢，他回答了。我再問他，沒有大人陪他嗎？他低垂著眼，拉下嘴角，不再說話。

回到公司後，我說給同事聽，對於那孩子背後的大人非常惱火；我痛罵，大人怎可利用孩子來騙取路人的同情心？同事回我，說不定是大人要訓練那孩子勇於面對人群，讓孩子敢於經營新的人際關係呢？我為之閉口無言。

那孩子不安惶惑的表情，以及帶有滿腹委屈的眼神，卻是鐫刻進腦子似的，再也揮除不去。

當晚，臨睡前，我慣於在腦子裡巡禮該日碰見的人、遇見的事；我這才察覺，其實龐大漆黑的記憶體裡，還深藏著許多張類似孩子的臉譜。

×

幼時眷村的住家，對面一排宿舍的最後一間，住了一家三口；小男孩的年紀較我略小，我已記不得他的名字，但是他的母親是瘋子。左鄰右舍都在議論，那婦人是想家歸不得，思念成疾，才因此瘋了。

每天上午，小男孩的爸爸上班後，瘋媽媽就出門遛達；許多頑皮的孩子就跟著瘋媽媽，嘴裡喊些不三不四的話；瘋媽媽生氣了，回頭怒視著小蘿蔔頭們，帶頭的孩子便撿起地上的石頭朝她扔，其他的夥伴們也有樣學樣，紛紛扔起石頭。而為了護衛媽媽，小男孩就擋在媽媽身前，哭號著對眾人求情，不要打他媽媽、不要打他媽媽。瘋媽媽本能地拔腿就跑，小男孩的哭聲更大，邊跑邊叫：媽媽，我們回家去！媽媽，我們回家去。

有一天，許多孩子奔回村子，爭相走告，瘋子快死了、瘋子快死了，流了一身的血。我隨後也跟著他們跑到村子邊上的菸廠，在公共廁所裡，瘋媽媽坐在地上，一身的血不說，就連粉白的牆上，都布滿了血手印。小男孩蹲在瘋媽媽身邊，哭著大喊：救救我媽媽！救救我媽媽。

終於，有大人跑了過來。幾位村裡的媽媽們交頭接耳後，開始命令所有的孩子全都出去，我聽到嗓門最大的黃媽媽說：「月經來了！」。而後，我跑回家問媽媽，月經是什麼怪獸？把瘋媽媽咬傷了，都快流血死了！母親在我頭頂敲了個栗子，痛得我兩眼冒金星。

家有瘋媽媽，小男孩自然被孩子群排除在外，不跟他玩，怕會被傳染瘋症似的。有時見他站在家門口，或是水塔底下，看著我們一夥人在玩官兵捉強盜，眼裡布滿了渴望加入的神色；我幾次想拉他進來，但是帶頭的大哥哥不准，我竟也沒有勇氣去拂逆。

沒過多久，他們搬家了，村子因而不再有屬於瘋媽媽的喧鬧。

×

小學三年級，班上來了個非常特殊的女同學，她的眼睛是斜的，只會傻笑，走路也一瘸一拐的，大家笑她是傻子，可是她卻擁有一個好聽的名字：彩雲。有時，她還會把屎尿痾在褲子裡，整個教室為之變味；每當下課鐘打了，所有的小朋友都跑到教室外打球踢毽子，她總是一人乖乖坐在教室裡。

我沒有聽過彩雲說過完整的話，只有在哭的時候，她的嘴裡才會嘰哩呱啦的夾帶像是外國話的言語，可是我們沒有一個人聽得懂。有一天，老師說，我們班的月考成績算是很好的，但因彩雲老拿零分，把全班的平均分數都拉低了，所以比不上其他的班級。

下一次月考，我寫完了，發現鄰座的彩雲傻傻地看著空白的考卷，上面還有她滴下來的口水；我一時吃了熊心豹膽，竟然不怕被監考老師抓到，一把將彩雲的考卷抓過來，火速幫她寫了很多題，然後再扔還給她；然後，我發現彩雲居然跟我笑了，那一笑容飽含著某種感激的因子，絕對不是傻子無意識的展顏。等到數日之後，老師發還考卷，同學對於彩雲的好成績都嚇了一大跳，我則是暗自得意極了。

兒時的許多記憶，有的放在抽屜裡，打開來就看到了；有的則是深埋在不見天日的地窖，或許一生都不再有機會去觸碰。

×

有一回去上石元娜的廣播節目，我點選了一首蘇芮唱的〈親愛的小孩〉，本來要錄完了，元娜忽然問我，為何會選這首歌？我愣了一下，剎那間，那個密封在地窖裡數十年的小臉蛋，那個哭著喊著，顯現孤單惶惑的小男孩，活生生從黑壓壓的地窖裡走了出來；我才說了幾句，便已哽噎住，氣提不上來，心緒亂不成章。

那天，走出電臺時，我才察覺，原來數十年來，我對那小男孩的歉意一直無法釋懷，只因當時的我太懦弱，不敢表態去支持他，或阻止眾人向他母親扔石頭，更不敢邀他跟我們一同玩耍、一起去河裡游水抓魚摸蚌殼。也許，這下意識的懺悔，質變為某種酵素，促成我日後膽敢替彩雲寫考卷，也讓我對弱勢的孩子與族群，總有一股沛然而生的親近感，總想替他們做點事。

或許，某年某日某時，就在臺北的西門町，或是臺中自由路的某一轉角處，我曾經與昔日的那個小男孩擦肩而過；或許，我還撞掉了他手上為家人買的西點麵包；縱然已無法相識，但是我只想誠懇如實的向他問候，給他一個熱切的擁抱，然後，宏亮的說聲：「對不起！」

關鍵時刻的救援投手

他，比我小一歲，可我老以為他大我好幾歲；或許肇因於他的成熟內斂，以及我的幼稚不長進。

他，較我只高出五公分左右，可我老是要仰著頭看他；或許是他的修為自持都分外高妙，對照出我的膚淺與矮小。

他的大名是許仁壽，在金融、教育界，是位響叮噹的人物。他這些年歷任過中華郵政董事長、證券交易所總經理、某金融企業董事長……然後，毫不戀棧高薪與重位的邀約挽留，毅然退休；依循他的人生規劃，修習佛法，投身公益活動。

我與他的因緣十分有趣，且聽我細細道來。

十三年前，《點燈》節目在華視最大的第八棚舉辦十週年的慶祝活動與錄影；我們邀請了來自全臺近百位的點燈家族，共聚一堂。當時的華視總經理上臺致詞切蛋糕時，非常果斷熱情地說，像《點燈》這樣服務社會，替社會帶來希望與溫暖的節目，不要說是十年了，哪怕是二十年、三十年，都應該要永續經營。錄影結束後，點燈家人紛紛上來擁抱我、恭喜我，他們與我的念頭一樣：頭家都如此支持了，《點燈》的燈火肯定會持續照亮著整個社會。

不到半年，我在紐約，拍攝聖嚴師父的弘法足跡。有一天，接到臺北公司的電話，華視要正式停止《點燈》節目的製播（雖然當時的製作費已經降到個位數字）。我的心，雖然一直忐忑著，但真的面臨這一刻的到來，多少仍會激起漣漪。其實我非常清楚，華視早已希望我自己喊停，面子會好看些，卻不知頑強的我，居然有辦法繼續支撐這個節目（我們當時為聖嚴師父在中視另有製作《不一樣的聲音》節目，那裡的製作費尚有盈餘，師父首肯，讓我們挪用到《點燈》去）。

聽到停播的消息後，我佇立於禪堂外發呆，忽然覺得眼前的燦爛陽光是虛幻的，夜幕顯然已經提前降臨了。此時，聖嚴師父自我面前走過，忽然止步回頭垂詢我，臺北有事嗎？我直覺反應，僅是搖頭，回答道：沒事，只是《點燈》，華視不播了；師父點了點頭，才提腳要走，又立刻回頭，以輕鬆至極的口吻說：「嘿嘿，哪一天若是阿斗不在了，說不定《點燈》還在喔。」就帶著笑容，轉身而去。

我持續呆立著。這一下變成我需要深思了，師父扔下了這句話頭給我參，究竟有何深意？我當場好似思慮了好幾個晝夜之久，終於想通：《點燈》不是我私人的，它是取之於社會，用之於社會；社會需要它，它就會燈火通明，維持光熱；社會若是不需要了，它自會熄滅寂靜，消失不見。

我當下決定，回到臺灣就成立公益組織，就算是沿門托缽，也在所不惜。

因為時差，回到臺灣後，每天都會在夜半中醒來；既然睡不著，我就拿把雨傘，前往住家後方的金面山登山運動。有一天，滿身大汗的一進家門，老婆就跟我說，許仁壽師兄來電話了。我有些訝異，許師兄與我只有數面之緣，我們見面頂多雙手合十問候，記憶中甚至沒有與他有過對話。老婆引述許師兄的話說，許師兄自己都覺得奇怪，他平日很少看報，更別說上網了，但是他當天一早居然在網上看到《中國時報》的報導，撐過十年的《點燈》居然要吹起熄燈號了。他說，這麼好的節目怎可停掉？雖然沒有得到我的首肯，他已經打電話給他的老友，也就是時任公視大家長的陳春山董事長，立即約定，兩天後要帶我去公視開會。

沒過一會兒，許師兄的電話又來了，他開口就向我致歉，說是沒有得到我的同意，就幫我約了公視的朋友；我說，我感恩他都來不及，怎麼可能會責怪他？

前往公視開會的當天，陳董事長將公視所有的一級主管都找來，把《點燈》面臨的問題解說後，徵詢主管們，如果《點燈》轉到公視製播，是否有它的價值存在？那個當下，我的心臟真的提到了胸口；所幸，所有的主管全部同意，願意接手《點燈》的製播，我才安心下來，長吁了一口氣。許師兄接著明快地說，公視播出的時段，有勞眾位專業人士安排，至於製作費，他會馬上想辦法。

不到一個禮拜，我接到郭台銘先生創立的「永齡基金會」來電，他們願意贊助《點燈》的製播經費。

我當然十二萬分的明白，在不是會計年度的計劃裡，臨時想要一個大企業通過合作企劃案，絕對比登天還難；但是，許師兄以他在社會累積下來的人脈與口碑，居然就幫《點燈》找到了延續光熱的薪柴。

我與許師兄基於此一不可思議的因緣，締結了互信的基礎。他後來轉任證券交易所的總座後，大力推動公益活動。在他的支持下，《點燈》每年安排節目中的生命講師，到偏遠地區的國中、少年觀護所、女子獄所，去宣揚生命的價值與可貴，讓聽講者得以幡然悔悟，找到生命的真諦與方向。後來在他離職後持續了十二年，直到二〇一七年才因故停止與證券交易所的合作。雖然我們隨後也找到了「謝許英文化藝術基金會」的贊助，但是，公益路上，尤其碰上不佳的世道，是需要備有憂患意識，隨時接住任何變化球。

一廂情願的，我將許仁壽先生當成我在本壘板後，時刻備好的救援投手；而他，彷彿有求必應的菩薩，只要一發生任何疑難雜症，我就向他求援；他也總是不厭其煩地作為我的心靈導師，替我分析局勢，釐清觀念。要命的是，他那沉緩的語氣、不急不徐的態度，外加充實盈倉的學術涵養，每回都把我引導至正途不說，也曾輕聲細語說了些重話，好匡正我的某些習氣觀念，使我忍不住泫然欲泣，他就像聖嚴師父派來的使者，給我一記當頭棒喝。

在許仁壽先生的調教下，我終究體會，人生就是棒球賽，有攻有守，有勝有敗。勝負的關鍵林林總總，實力加上運氣，最不可缺的是昂揚的士氣與不絕的勇氣。贏了是我運，輸了是我命；只要心無怨懟，迎光向前，人生的好時節，只要一回首，就能歡喜擁有。

渾然天成的武媚娘

一旦看見這標題，我擔心她很可能不依，會以那獨特的爽脆嗓音，外加毫不做作的肢體語言，拉著我的手前後甩著道：「斗哥，你知道地呀！我姓高，再不濟，也該叫我高媚娘呀！」

她的確姓高，自稱高高，朋友也都叫她高高，包括我在內，都以為她姓高名高，等到相識多年後，才小心翼翼地證實，她有個昂然七尺的偉岸名字：高宏松。

與她認識，得感謝海南的陳統奎。統奎來臺灣見學鄉村改造，當時是大陸著名雜誌的記者，他邀請我到海南的海口，參訪由他發起的「大學生返鄉論壇」；該活動在海口的快樂農場舉行，總經理正是高高。

快人快語，是高高給我的第一印象。不到一六〇公分的她，皮膚白皙、五官秀氣，如果輕聲細語一些，她就是張愛玲筆下的大家閨秀；可她偏不，還真是霸氣的咧！沒多大的耐性聽人忽悠，只聽人說上一分鐘的話，就急著替人做結論；然後話說完，一揚眉，立馬站起，說聲該吃飯了，走！就把一堆人帶到餐廳，俐落的點好菜，再回頭對著滿桌的人問道，還有啥事沒有落實？

因為有了她，統奎的活動辦得風風火火，由大陸各地來了許多返鄉務農、開民宿的有志之士；在此機緣下，我結識了深圳、成都、吐魯番、北京的許多好朋友，日後也在《點燈》節目中成了主角人物。

活動結束，我們幾個都窩在統奎經營的民宿裡，繼續說山道海，簡直難捨難分；忽然，高高的電話來了，唏哩嘩啦地說了一堆，重點是，統奎家的空調不行，她已經幫我們留了一整棟樓，有四套臥室，還有一大間客廳餐廳，足夠我們揮灑；不但空調夠冷，還有吃有喝。

高高因此成了我在海南的「兄弟」（若是使用她的語言，我則搖身變為她的「閨蜜」）。

×

高高邀我多次一起去長沙，她的另一半，就在長沙懸壺濟世，是位中醫師。我這人一向好奇心重，還真是好奇她那老公有何特異功能，得以駕馭得住如此高來高去的奇女子？

終於成行的那天，一下長沙機場的飛機，就看見高高小鳥依人的斜靠在一位完全談不上高大雄偉的男士身旁。身高頂多一六五吧？小平頭，全是白髮，眼睛細小有光，笑容真誠，然後，才知道來者是大俠：胡不群；原來金庸的小說是從他這裡借走名姓的。

胡大俠與高高在暗夜裡，直接將我帶到一處山坳的禪寺，那裡剛好有一禪修活動。直到次日清晨，我才發現，我恍若置身在古裝電影的片場裡：山巒的排列有如蓮花座，一層輕霧，像是一帶薄紗，柔緩的盤繞在山腰，我瞬間恍惚了。

原來，胡大俠是位虔誠的佛教徒；難怪高高鐵口直斷，我跟大俠一定合得來！胡大俠的家裡很奇特，聚集了一屋子的家人、門生、粉絲。一到吃飯時間，該進廚房的，不用催喊，自動變化出一桌的素菜；該吃飯的，用不著推讓，各安其座，端起碗來就可據案大嚼。高高身在其中，自在有如空氣，完全不見一位女主人的威風不說，好似一點都無需刷刷她的存在感，只是偶爾揚起一串她銀鈴般的輕笑聲。

我跟著大俠到診所，只想貼近點看看他與患者之間的互動。果不其然，一位大嬸在等診時跟我說，胡大夫是菩薩，這世道，哪還來得只要五塊錢門診的醫生？胡大夫是放著大錢不賺的菩薩。

胡大俠不是多話的人，他除了看診，還要備課，講經說法。那幾天，只看著他忙進忙出，就算高高要我讓大俠把把脈，我都有點不好意思開口；更何況，大俠自己的身體也不是很好，明眼看得出他有點累，那是一種忘我的經世態度吧？我想。

大俠與高高育有一古靈精怪的女兒，小名叫做高一一，高高說，她是湖北宜昌人，宜昌的車牌號是「鄂E」，漢語拼音裡，鄂的拼音也是E，為女兒取此名也有紀念她家鄉之意。不過，女兒的學名是胡敦敏，黃帝內經第一句，高高說，生女兒時，胡大俠正在講黃帝內經。

等女兒到了就學的年齡，他倆毫不心疼地送女兒到私塾就學，還得住校，每天教的就是背誦古詩詞。有時，女兒會撒嬌，想回家去住，他倆總是正色詢問孩子，這不是她自己答應願意做的事嗎？豈可半路反悔？好在女兒挺懂事，沒在這件事上為難父母。

到目前為止，高高與大俠是「一國兩制」，大俠的據點在長沙，高高的根據地則是海南，兩人很有默契，各忙各的。不過，高高私下透露過，她太好命，大俠對她完全包容不說，還特別地尊重，讓她盡情揮灑自己的興趣與專長。

做過雜誌、網站、電視、圖書的媒體人，到海南做了一年雜誌主編後，又轉行做起開心農場；不過，高高的骨子裡，對於環保這一塊是最為傾心的，她在快樂農場其實已經觸及到這個領域。四年前，她乾脆離開農場，直接設立「松鼠學堂」從事起保育濕地、尊重生態這一個公益事業。

文筆流暢深情的高高，曾在文章中提及，她的外婆住在湖北的巴東，小時候每次坐船去外婆家，都能看見西陵峽兩岸的秀麗風光；當她二〇一三年，擔任中央臺旅遊節目主持人，帶領外景隊回鄉採訪時，愕然發現，記憶中兩岸林立櫛比的吊腳樓全都不見了，峽谷裡的原生態全都瓦解了，她當場痛哭失聲。

高高這趟來臺灣告訴我，明年，她得要去長沙陪伴女兒讀小學三年級了，這是她作為母親的天職；至於海南的環保工作，她有意放手讓年輕人去闖，她只要管住方向即可。我倒是有點竊喜，看來，我日後又可常跑湖南、湖北一帶長見識，當然也包括高高變色的故鄉在內。

大刀王五

所謂「大刀王五」是連續劇裡的角色，據說歷史中的確有這個字號的人物存在。那是一位典型的俠義之士，大刀在手，專治雞鳴狗盜，貪贓枉法的江湖敗類。飾演扛著大刀的大俠王五，吳桓也就成了家喻戶曉的明星。

我跟吳桓是在臺視認識的。

當時尚在世新念書的我，有幸鑽進臺視，擔任戲劇節目的劇務，既可實習專業經驗，又可賺錢豐滿荷包，簡直開心到不行。只不過，初來乍到，全是些在電視裡見過的明星們，雀躍是有，不安更大。吳桓是讓我心定的重要人物。

吳桓的正業是導演，演戲對他來說是玩票；我們都稱呼他導演，其他的演員則將「桓」（念成「還兒」，帶有卷舌音）掛在嘴上。他表面上有點酷，好像不太好相處，熟了後，才知道他好說話得很；我膽大開口，請他到世新演講，他二話不說，就連講師費都不要。

吳桓說，人生沒什麼道理，絕對不會依著自己寫的劇本走。他說，原本《大刀王五》已經定了男主角，但突然出了狀況；臺視節目部的高層無計可施，看到該劇的導演吳桓坐在一邊發杵，就指著他的鼻子，一口敲定，他就是王五的救火人物。沒想到，該劇播出後反響極大，竟成了吳桓演藝事業的代表作。

很自然的，我與吳桓成了忘年之交。

×

我剛退伍的那年，他帶著我去北投的山上，向他的一位大哥拜年。吳桓的母親早逝，父親遠赴美國，後來又再成家，他等於是這位大哥帶大的。在吳桓的口中，這位對他既是嚴父又是長兄的大哥，曾在東北做過響馬，是位進出過江湖的大人物；果不其然，包括吳桓在內的一屋子人，對著端坐在太師椅的老大哥行禮如儀，氣氛肅穆，不苟言笑，簡直就像是電視劇的翻版；老大哥高大威武，雖然年歲頗大，但是醬紫色的方臉上，屹立著的正色分明就是關老爺的神氣，讓我大氣都沒敢呼出一口。

拜完年，大哥客氣地張羅眾人吃喝。不過，沒喝上兩口，我就被高粱酒嗆到淚眼矇矓。吳桓低聲叮嚀我，舉起高粱杯子，不要急著就灌進嘴裡，尤其切忌含於嘴中，狀似徘迴，猶豫不決；應該先聞酒香，果斷的一口悶，直入喉底，才能體會這酒的底蘊和力道；那像是泥土地被牛車的輪子壓出來的輒子，既深且擴，絕對是快意人生的最佳寫照。

我去過他在光復南路的家吃飯，他的另一半董德齡，人稱「董媽咪」，說了一口響脆有勁兒的北京話，更燒了一手好菜；他們家，也成了圈內人聚會喝酒的好地方。不過，我後來發現氣氛不對，去他家喝茶聊天，見不著董媽咪的人影；我沒話找話，指著他家餐廳白牆上的一道墨色讚嘆道，這山水潑墨還揮灑得挺神氣的；吳桓鼻腔吭了聲，沒好氣的說，那是他與董媽咪前一夜吵架，他把杯中酒灑過去的痕跡；我立馬住口，不好接話。

吳桓與董媽咪還是離異了。

陪同吳桓喝上兩杯，就成了我的日常功課之一。每每酒意興起，吳桓會聊些體己的話。他說，因父親是軍醫，長年不在家，母親也許希望兒子秀氣點，不要太皮，居然自小就要他穿著裙子，就連噓噓都要他蹲著，是故，他在成長的過程中，差一點發生性別倒錯的問題。後來，父親遠走美國，也另外成了家，雖然還是幫他辦了綠卡，但與他的關係非常淡漠，幾乎沒給他什麼溫情。可想而知，家庭對一個人的個性養成，是多麼重要。

他也跟我說，男人到了四十歲是一個關卡，開始瞻前顧後，尋找人生的定位；五十歲時，會有點慌，就像是發現手上的存摺裡，只剩下一點零頭；六十歲就更不用說了，所謂的理想與抱負，如古董字畫，顏色淡了，字跡垮了，像極了高粱酒，遇到空氣，香味就散了。

等我回臺定居了，他又逢美好的第二春，與陳小心成天膩在一起不說，陳小心還幫他張羅了一間餐廳，說是方便他與友人小酌共聚。慢慢的，他的酒量退步了，沒喝幾杯就大舌頭，許多話總是重複又重複；我譏笑他，他拿我沒轍，只是再三數落我，等你老了就知道。

吳桓的兒子小開，後來由美國回臺。有一陣子，吳桓幫兒子寫劇本，親自導演；小開也以廣告明星出道。於是我了然，吳桓刻意要拉近與兒子之間的感情。

後來，他罹患了肺腺癌。搬到山上養病後，我們只是偶爾通個電話；我只能哄他，兩瓶八六年的陳高等著他再次仗著大刀，重出江湖。

之後，吳桓二度發病，我去三總看他。躺在床上的他，已經縮水似的，像個初中生。他沒有體力說話，忽然又拉起肚子；看護手忙腳亂的幫他整理，我默默的避開。走在三總的長廊裡，我很清楚，六十九歲的吳桓，顯然是沒辦法跟我分享七十歲的心境了。

他走前，我在內湖的公車站偶遇董媽咪，聊起吳桓的病，也只能搖頭嘆息。他走後，陳小心一直說是要好好聚聚，只不過，迄今未曾再見，一起來緬懷我們心目中的那位俠客——大刀王五。

那天，走在臺北市樂利路上，我的目的地是董媽咪經營的餐廳；多年沒有聯絡，我是在網路上看到這則消息。我一度繞過餐廳，不敢進去，為的是沒有想好，見著董媽咪的第一句話，應該說些什麼。最終，還是長驅直入了；見我進門，迎面而來的一位中年男子，具有與吳桓一樣的酷味，我叫了他一聲，小開；果然，是吳桓的兒子；然後，廚房刮了陣風似的，門開敞，董媽咪俐落明快地走了出來，站在小開身後。我這才想起，忘了把家裡的高粱酒帶過來。

我的旺來不見了

都說男人逢九是關。我的北京哥兒們，牛振華，就是四十九歲走的。

人稱「牛哥」；特爽特直，特別夠兄弟的性情中人。

牛哥是以相聲演員出道，圓嘟嘟的臉，細長的眼，不語先笑，就是討喜，就是會放電，天生便是演員的料。後來在電視劇、電影的演出也大放異彩，得過大陸電影「百花獎」的最佳男主角獎，更拿過「東京影展」的最佳男主角獎。

我與牛哥的相遇相知，注定要發生在北京的舞臺。

一九九八年，我以初生之犢的架式，不知天高地厚的接下了一檔兩岸合資的連續劇製作工作。等到真的揮師大陸，開始前置作業，就開始碰到攔路虎、絆腳索、深水塘、鐵板牆。各路人馬各有盤算，各懷心機，只有我這二愣子，秉持著一腔熱血，直以為我要製作出一檔氣壯山河，名震江湖的經典大戲；在我眼裡，任何困難與阻攔，都只不過是一碟小菜。

劇名為《浪子大欽差》的四十集連續劇，顧名思義，便是一個劇班裡的小混混「旺來」，如何在命運的推波助瀾下，搖身變為權高位重的欽差大人。中、臺兩地的投資方達成默契，女主角要港星，旺來要大陸演員，另一男主角是臺灣演員。臺灣男演員早就出線，港星葉童也順利談妥，只有旺來最難搞。

提出了幾位人選後，大陸的資方只認定一位「大腕」演員，在相聲界極有名氣。我守在北京東直門附近的飯店裡，見不著演員本人，只有他的助理當傳聲筒，片酬隔天就上漲二到五成；眼看拍攝日期迫在眉睫，我完全沒有招架能力，只有一味讓步。最後，他的片酬定在與當紅的葉童同一檔次，我心知肚明，若是搞不定他，別說北京的資方把我看扁，日後，我在業界也別混了。

簽約當天，我在一樓的咖啡廳望穿秋水，大陸資方的代表張總也陪在一側，就是不見大腕現身。好不容易，大腕的助理上氣不接下氣的衝了進來，開口就是大腕的太太認為條件還是有點委屈，還得再談。這下子，我的火氣完全檔不住了，我一拍桌子，怒吼道，我要大腕因為沒有接到這戲而後悔一輩子；並當場宣布，換角！

張總一路明白整個的過程，連忙要我息怒不說，也怒斥大腕，豈可如此出爾反爾？如此囂張難搞？只見大腕的助理面色如土的躲在一邊說電話，我已火速找到好友吳天明導演的編劇雪瑩，請她幫我想辦法。

沒一會兒，大腕的助理鞠躬哈腰地來道歉，張總也高興的跟我說，大腕不但答應接戲，還願意降價了；偏偏這一節骨眼，山河變色了，不樂意的變成我，我跟張總明言，如果還是指定大腕來演旺來，我立刻搭機回臺北，這事黃了！

然後，我的電話響了，雪瑩跟我說，前不久才獲得「東京影展」影帝的牛振華，絕對是詮釋旺來的絕佳人選；適巧牛哥剛演完一檔戲，人也剛在前一晚回到北京，可以馬上來飯店見我。

沒一會兒，飯店大門的旋轉門轉動，一頂剃光的腦袋，左右擺盪，口中哼著小曲的牛哥，怡然自在的晃蕩了進來；我眼睛為之一亮，這，不就是我戲裡的旺來本尊嗎？

我緊緊地握著牛哥厚實的雙手，心中默念著佛菩薩的聖號。張總也笑開了顏，認定了牛哥就是咱們戲的男主角了。

牛哥提出的片酬只有大腕的三分之一不說，他只拜託我一件事，要我親自打個電話給明星足球隊的隊長，證明牛哥接了我的戲，不能參加明星足球隊的一場球賽了。還有，他當晚要請我吃頓涮羊肉。

晚上，就在一間他熟悉的小鋪子裡，牛哥要了大瓶的二鍋頭，直接灌滿了兩只直筒的玻璃杯；他雙手一舉，我也毫不猶豫地舉起我的酒杯，一碰杯，一仰頭，兩人同時喝盡了杯中酒。還沒等到羊肉上桌，我倆已乾了三大杯；我毫不遮掩的將這一天經過的三溫暖全都說給牛哥聽，牛哥的眼裡聚起了淚花，直說委屈了我；這下可好，換做我哽咽不成聲了，我把脖子上掛著的佛珠，戴上了牛哥的頸項，給了他最用力的熊抱。

我與牛哥因此訂交。

牛哥進入劇組後，一眼就看穿裡面的一群牛鬼蛇神；他暗中硬挺著我，一有任何需要，他就動用自己的人脈，全力支援我。

雖然最後，我還是賠了一屁股，但是此劇在大陸發行後，替大陸資方賺了很多錢。我也慶幸，我賺到了牛哥這樣一位有情有義的鐵哥兒們。

✕

牛哥，成了我在北京得以仰仗的大樹。我們開始計劃後面的合作項目，他也毫不藏私的將口袋中的資源，全都掏出給我。我唯一跟他念叨的就是他喝酒老不吃東西，每每叫了一整桌菜，其中還有我專用的素菜；等到酒過數巡，眾人乏了，他也腳步不穩了，卻還是搶在付帳後，堅持駕著車，把朋友一一送回家去。

二〇〇四年的五月，才過了生日十天，一樣就在酒後，他把朋友都分別送回家後，只差了兩個街口就要到家；他的車子鑽進了一部大卡車的後底盤裡，當場，牛哥走了。

事後，我趕到北京，第一次進了牛哥的家，第一次見到牛嫂和他們的閨女。牛嫂說，老聽牛哥把斗哥掛在嘴上；她還指著牛哥靈堂遺照邊上的一串佛珠說，牛哥一直珍惜著我送給他的珠子，原本想一起燒掉，但後來想到，總得留點牛哥的遺物給閨女收著紀念。

我還是深深的遺憾，遺憾那串佛珠，未能保護住牛哥神采飛揚的生命。

北京西直門外大街的白石橋，就是牛哥大去的所在地。每回在北京打車經過，我總是習慣性地四處張望一下。到了我這年紀，善忘是慣性，不過，這地名，我能夠忘記嗎？真希望我忘得掉！

笨鳥已先飛

天下竟有如此笨蛋！

接過詐騙集團四次電話，居然四次都中標；據說，第五次以後，他就閉口不提，怕的是親朋好友笑他罵他譏諷他的口水，讓他心煩。

他是紐約「茱麗亞音樂學院」畢業的高材生；貴為大學教授，臺北愛樂交響樂團總監、臺南應用科技大學藝術學院院長。他的大名，張龍雲，業界鮮有人不知；他的交友，遍及世界各地。

據說，第四次被騙的電話，是來自臺北市敦化北路極有名聲的大飯店老闆，龍雲匯出了五萬元新臺幣；替他生氣的親友指著他說，如此實力雄厚的大老闆，開口怎麼可能只有五萬？肯定是五千萬、五億啊！龍雲淡淡地回答：「電話裡的聲音真的像是那朋友啊！如果他真的臨時被五萬元困住，不是很糟糕嗎？」。

還沒見到龍雲本人之前，我已經由他的長兄張龍光的口中，得知許多龍雲的趣事：出生在馬祖，從小排行第五，因父母經營餐廳太忙，才會走路的龍雲只要因餓或渴而啼哭，父親就順手遞給他一瓶啤酒，他立刻如獲寶物般，破涕為笑。於是，店裡客人與周遭鄰居，每每見到微醺的小龍雲在人群中穿梭，都要開心地逗他玩耍。早早與酒神締結金蘭的龍雲，將酒視為最親密的好友；這也難怪，他當年興沖沖由美返臺，準備結婚時，在未婚妻親自到機場來迎接的車子裡，得知佳人變心的告白後，藉由酒老大的撫慰，就接連胃出血了三、四次。

當年，一個在前線念完初中，回到臺灣升學的楞頭小子，在大哥龍光的接引下，保送了國立藝專音樂科，可憐連五線譜都不識得；老師打開樂器教室，順手抓了根低音管給他，吩咐道：就練這個吧！其實，就連當時就讀影劇科，後來成為知名編劇的大哥龍光都匪夷所思，日後的龍雲，憑藉著憨人無所畏懼的膽識，一路捧著低音管，由紐約起家，日後居然成了呵護臺灣古典音樂的重要旗手。

×

我因龍光的關係，才得以與龍雲結識。起初當然是酒友，只不過我的酒量在他面前，就像是幼稚園遇見了大學生。而後，凡是與音樂有關的事物，包括《點燈》節目需要大量樂器的配音時，只要一通電話過去，龍雲從未有過任何遲疑，立馬回說馬上辦。

之後，慢慢由側面得知，他在家是強力膠，能把家人的感情緊密膠著不說，朋友之間，也視他為不可多得的濫好人。他可以為了一句口頭約定，無怨無悔無恨的竭盡己力，散盡家財，甚至勉力舉債，去幫助形同無底洞的友人家族，金額高達八位數。

有一回，龍雲邀請我去南部的學校演講，去程的高鐵上，我已將手機的電池用到冒出紅字。活動結束，龍雲讓助理先行下班，親自駕車，先是帶我到臺南市區大啖海鮮，然後送我到高鐵站。進了車站，我擔心手機隨時停擺，便四處尋找充電的插座；龍雲要我將回程的車票交給他，讓我就地伺候手機。沒一會兒，他回來淡淡地跟我說，他已用自己的累積里程，幫我換好商務艙；他說，商務艙有插座，我可以一路放心地返回臺北。後知後覺的我，一時沒了反應，也只是跟他說了聲謝謝；回程中，我第一次強烈感受到，龍雲之所以受到各行各業好友們的愛戴，那分發自內心，不帶一絲功利顯擺的體貼與照拂，應該才是最為彌足珍貴的揮發劑。

他愛酒，卻從不勸酒，甚或逼酒，頂多把自己灌醉就是。也許一朝被蛇咬，他對婚姻始終懷有某種芥蒂。一度，孝順的他，面對父親的風燭殘年，為了讓老父安心，他動了心，決定要向他的好伴侶歐陽文津開口求婚。那晚，在福和橋畔的家裡，一群朋友急著幫他出謀劃策，因為這個蠢蛋龍雲，竟然不知如何在電話中求婚。笑鬧中，雷德抓起電話，幫他撥往倫敦；是晚，龍雲醉在浴缸裡。

靦腆內斂的龍雲，自此成為臺北、倫敦之間的空中飛人，一到寒暑假，他就飛往倫敦，陪伴一樣學者風範，卻多出一分灑脫的文津。經常，回臺度假的文津，也會陪同龍雲，出席各種友朋的聚會；我觀察過，文津從不阻攔龍雲舉杯暢飲的快動作，她的話不多，頂多撫弄掉到眉間的頭髮，微微笑著，淺淺飲著。

曾經，龍雲去歐洲巡演，每天肚子疼痛，只要晚上狂飲一瓶威士忌，便讓疼痛休止，次日繼續同樣的循環；一直到一個月後回臺了，肚子還痛，親友逼他去醫院，才發現他的腹腔已有一顆較棒球還大的腫瘤，就連醫生都視之為奇蹟，換做任何人，或許早在歐洲就自動引爆，小命難保。龍雲為了此一奇蹟得意洋洋，但或許還是禍起於此一奇蹟。

不久前，我還在聚會裡問過龍雲，他公私兩忙，應該要更注意身體，尤其是心臟；我甚至追問他，胸口會悶嗎？他回說會，我立刻勸他，應該趕緊進醫院檢查，搞不好是心血管阻塞，他有點敷衍我，點了點頭！

沒幾天，聽說擔任倫敦大學亞非學院教授的文津，獲選英國國家學術院的院士，這是何等崇高的榮譽！更何況文津一直堅持著中華民國的國籍啊。我在電話中恭喜龍雲，相約改天去家豬腳好吃的餐廳慶祝，他說，等八月初，從日本回來後，一定來聚。

八月十二日，才外出吃完中飯，龍雲覺得不舒服，嘔吐、冒冷汗；他要文津放洗澡水，洗完澡他就去醫院；只是，就在此刻，他倒在文津眼前；從此不再醒來。

龍雲家裡的靈堂前，不見一滴眼淚的文津，在淚眼婆娑的眾兄弟面前，格外讓人心疼。文津只是不停地重複著，幾近呢喃：「豈有此理！豈有此理！」、「好可惜喔！還有好多事情要做的。」

笨鳥，不是注定要慢飛的？龍雲這笨鳥，居然就先飛了，飛向那個一望無垠、無病無痛的國度。

輯二

歲月流轉

刀疤老張的由來

因過去從事記者緣故，曾經交往的朋友真是形形色色；光是會算命、有特異功能、具陰陽眼的就有不少。

其中一位會看前世今生的相命師說，我的前世是個殺人無數的武將，所以等了九十年，今生才能排上隊，得以再世為人。當場，我覺得太過誇張突梯，想大笑，但還是忍住了，我怕相命師惱怒。

事隔多年，學了佛，明白因果相隨的道理。一日洗澡，摸到肚皮的刀疤，忽地有了想法：如果我那兩條超過十公分，狀如蜈蚣般的刀疤，是我為前世罪業所付出的承擔，我，心悅誠服。

想起初三那年的寒假，再過幾天就要過年了，中了邪似的我，借了電影《夜半歌聲》的原聲版唱片，反覆的一聽再聽；母親罵我，快過年了，不要再聽這種觸霉頭的歌了，我卻仍悶著頭的聽，就是愛聽。

隔天下午，與村裡的朋友打羽毛球，雖發覺肚子隱隱作痛，卻也沒理它；過了一晚，疼痛加劇，我乖了，躺在床上悶哼了一天；下了班的父親，帶我到街上的小診所看醫生，被診斷為感冒，開了一服藥就回家。半夜，起床小解，肚子突然像是有幾把刀子在剮、在刺、在割，我頓時大聲叫喊了起來；全家人都驚醒了，父親火速前往隔壁村子，將羅叔叔挖了起來，駕著他的吉普車，趕緊送我到省立臺中醫院急診。

三更半夜的，沒有醫生應我，護士只是讓我吊上鹽水瓶。熬到上午上班時間，醫生終於來了，診斷出我得了盲腸炎，要火速開刀。

半身麻醉，先往脊椎打麻藥，極痛，如扁鑽插入，我大叫；手術隨後進行。或許麻藥尚未發揮作用，也或許劑量不夠，從醫生用刀開始，到剪刀伺候，我全都有知覺，那種痛，只能在小說中才找得到形容用語。我不斷哀求醫生，趕緊做完手術吧；我不斷詢問醫生，不是說快好了嗎？為何老是在切、老是在割？終於，我痛到失去了知覺（事後才知，醫生擔心我休克，臨時決定做全身麻醉）。

醒後我才知道，因拖時太久，盲腸已經破了，導致膿水流出，轉成腹膜炎。之後幾天母親每天幫我燉鱸魚湯與雞湯，幫我補身；父親在病床邊打地鋪，連除夕夜都沒有回家。

我擔心模擬考又到了，原本功課就不好，這下恐怕落後更多，巴不得趕緊出院，回校上課。護士定時來量體溫，讓我夾在腋下，就去忙其他病患，稍後才會回頭記錄我的體溫。等著等著，覺得無聊，我就先偷看體溫計的溫度，發現溫度高的話，就偷偷抽出甩了甩，讓數字回到三十六度；護士不疑有詐，還直誇我的數字很安全。

如此這般，過了一星期，我神不知鬼不覺地締造了所有的完美數字；醫生宣布我可以出院了，全家人都替我高興。出院當天的一早，父親去辦出院手續，我興沖沖地到衛浴間刷牙，刷著刷著，忽然覺得腹部有異狀，低頭一看，發現傷口崩開來了，有膿血滲出。

這下出不了院，又得開始打消炎針。偏偏我對盤尼西林過敏，醫生必須改用更昂貴的消炎劑。但說也奇怪，我的體溫如上下班似的，每天上午發燒，下午退燒，十天下來，一成不變；醫生再也無法忍受，通知父親，我必須再次開刀，清洗腹腔。這一回，醫生沒有再讓我受罪，一開始就做全身麻醉。事後，父親說，他先是在病危通知單上簽字，然後被醫生叫進手術室，看見我如待宰殺的雞鴨一般，整個腹腔的器官都被掏出來清洗，腹腔內空空如也。

麻醉還未完全消退時，我隱約聽見母親在耳邊啼哭，我居然安慰母親說，剛才有一個全身白衣的人來看我，在我腹部輕輕撫摸，好涼好舒服，比綠油精還要清涼，說完又沉沉睡去。母親說，是觀世音菩薩來過了，她每天都到觀音廟去替我祈福禱告。

真正的考驗還在後面，我那新開刀疤的底部，多出了兩個造口，每天上午與下午，必須各清洗一次。那是一根鐵絲綁了藥棉，要插入造口幾次，將腹部骯髒的血水清除掉。那是僅次於首次手術的痛楚，我咬緊牙關，雙手死命抓著床沿，汗珠不斷由額頭滴下。我心底明白，這些教訓，我自己起碼要承擔大部分的責任，誰讓我吃了熊心豹膽，私自竄改自己的體溫？不過，我的忍耐，也換來醫生對我的讚美；醫生對父親說，你的兒子很能忍，比另一個同年齡，住頭等病房的男孩子強太多了；父親於是偷偷塞了一百塊錢到我枕頭下。

說也奇怪，第二次手術後，我對盤尼西林忽然又不敏感了，可以用藥了；護士每天量體溫，不敢再讓我離開她的視線，一定親自確認數字後，才去看視下一個病患。等我可以下床後，開始巡視我們那間大通舖的病房，裡頭有被鍋爐爆炸燙傷的，有被車撞的，有拿掉一半胃的……只不過，他們都沒有我「出彩」，一個盲腸炎，居然動刀兩次，住了一個月的醫院，還在肚皮上留下了直線以及斜向的兩大條刀疤。

出院後，我得定時回去換藥，醫院裡熟識的護士跟我說，我的命很大，當時只要一個小小的併發症，我很可能就小命不保。她又說，我的父親悶聲不吭，人很客氣。母親很厲害，先是跪地求醫生，一定要救她兒子；見醫生沒回答，竟然翻臉恐嚇醫生，說如果她兒子有個三長兩短，她也不要命了，要跟醫生拚命。護士小姐叮囑我，長大以後一定要好好孝順父母才行，我自是拚命點頭。

不出一個月吧，我的主治醫生因摩托車事故，當場往生。母親得知後，頻頻念著觀世音菩薩的聖號，責怪自己當時不應該對醫生說狠話。

五十年前所發生的事，至今依然歷歷如繪，每個細節，我都記得清清楚楚。如今，刀疤老張已逐漸步入晚年，對於命運的體會，與年輕時自然不同。如果我前世真的有過殺人如麻，這一生，被刀剪荼毒一番，也算是對那些曾經被我傷害過的受害者，有了實質上的懺悔與罪贖。

農曆七月人間事

小孫子，年過三歲，居然就不敢往黑處去，問他何故？不答，只是漆黑的眼瞳裡，折射出無言的恐懼；這下壞了，反倒害了我疑神疑鬼起來，背上猛然澆上一盆冰塊似的，趕緊抱起這小傢伙，奔向燈火輝煌處。

原來，怕鬼，是由娘胎帶出來的習性？

小時候，看電影《倩女幽魂》（不是王祖賢版本，而是更早之前的樂蒂版），一到天黑就打心底哆嗦；等到洗完澡，早早鑽進溫暖的被窩裏頭，還與同榻的妹妹相互警告：不要將腳底板露出被窩，以免姥姥夜晚摸進來，由腳底吸血，肯定見不著隔天的日頭。

沒錯！愈是害怕愈愛聽，夏日裡在院子乘涼，哪兒有鬼故事，聚集的小蘿蔔頭就愈多。

鬼故事沒有省籍、地域之分。由「虎姑婆」到「鬼打牆」，每則都直入人心，數十年不曾褪色。

每天清晨上學，淡霧未消，太陽未起，尤其是隆冬，人的身體與心臟都是緊揪成一團。出了村子，前往火車站的小徑，得經過一處竹林，緊貼著路邊，有一堆荒塚，或許年代久遠，墓碑上的字跡都消磨風化得差不多了；偏偏不遠處就是殺豬場，被凌遲的豬隻，慘厲淒惶的叫聲，隨著寒風，四處竄跑，將小路的周邊氛圍，包裝成典型的地獄景象；我每每都是狂奔而過，氣喘到心臟幾乎要奪腔而出。

菜場後方的河邊廣場，一到農曆七月，就有野臺戲。我喜歡小攤賣的辣炒酒螺，小販將螺的尾部剪除，只要往開口處猛吸，又香又辣的螺肉就會應聲入嘴。有一回，我趁著父親午睡，將他掛在牆上的長褲口袋中，偷偷摸走了五毛錢，衝到戲臺邊，買了一紙袋的酒螺，正開心地吃起來呢，忽然看到舞臺前方布置的十八層地獄顯示圖，各種被拔舌頭的，澆熱油的，挖眼睛的……一片血肉模糊，殘不忍睹；尤其是犯有偷盜罪者，在地獄裡被閻羅王斬手剁指的一幕，讓我當場差點嘔吐起來；心虛外加害怕，不但偷偷將一袋酒螺倒進河裡，還做了好久的噩夢，就怕閻羅王連夜來找我算帳。

×

村子裡的葉媽媽，溫良賢淑，就連說話聲都低低切切的，深怕聲音大一點，嚇到哪家的小朋友。後來，葉媽媽得了癌症，治了很久，聽大人說，有罪受的，可能一時半晌好不了。有天早晨，才起床，就發現村裡的氣氛不對，許多大人圍在葉家門口；我鑽了進去，這才聽說，前晚深夜，葉媽媽痛得難受，趁著葉伯伯去街上叫車子載她去醫院時，自己從家裡一路爬著，爬到村子外的橋頭，跳河自盡了。最不可思議的是，葉伯伯沿河邊找，葉媽媽沒有被河水沖得太遠，居然就在一處分道的灌溉水渠口找到了，而那渠口有幾道鐵棍插著，以肉眼來看，葉媽媽的身體無論如何都不可能穿過鐵棍的。

葉媽媽暗夜爬行的那道痕跡，時隔許久都觸目可見。我總是遠遠避著，生怕一腳踩上，對葉媽媽就是大不敬。尤其，橋頭上的黃色冥紙，在野草叢中簌簌搖晃，彷若訴說著無盡的悲涼與哀苦。之後，我再不敢下河戲水。

×

都說河裡有水鬼，尤其是農曆七月，鬼門關一開，總有水鬼會抓幾個替死鬼，才好轉世投胎。農曆七月適逢熱暑，哪家的孩子不愛暑天戲水？於是，每年暑假所發生的孩童溺斃事件，就成了大人禁足孩子戲水的最佳理由。

雖說父母三申五令，不准去游水，但一到暑假，大人去上班工作，留著孩子在家裡，只要左鄰右舍的大哥哥一聲吆喝，誰能抵擋得住玩水兼偷果子的誘惑？某年暑假，在大哥哥的帶領下，我們發現一處更好玩的河道，不但可以攀爬到河畔榕樹上，噗通跳下水，竹林裡有好多蟋蟀洞，可以灌出一堆的蟋蟀。每每玩到大人快下班的時候，眾人才打道回府。

那天，活該有事，大哥哥臨時起意，要帶我們穿過橋底最危險的窄墩，說是像電影裡的盟軍去偷襲德軍基地一般，驚心又動魄。於是，就在夕陽西下，光線開始黯淡的當口，我們小心翼翼地踩在鮮苔溜滑的水泥墩上，當作是跨過地雷埋伏的地洞；列在排尾的我，也不知是什麼原因，忽然腳底一滑，就應聲跌進黑不見底的河流裡。

當時搞不清楚狀況的我，頓時嗆進滿口的河水，一陣驚恐的掙扎，我居然奇蹟的被大哥哥一把抓了上來；後來是翁家的小兄弟告訴我，幸虧我在關鍵時刻伸出了手，才及時被拽住，否則，一旦被漩渦捲進河底，我肯定成為水鬼的替罪羔羊。

最壞的結局在後面。下班後母親自然立刻得知我大難不死，妙的是，她不但沒有摟著我、親著我，感謝觀世音菩薩慈悲保住了她的兒子，反倒藤條伺候，在我腳上及背部，打出條條血痕；最後還命令我光著屁股，跪在家門口，讓左鄰右舍看清楚，這就是偷偷戲水的最終下場。其實，母親是昭告天下，打給那幾位大哥哥看的，看看下回還有誰，膽敢再唆使她兒子去下河玩水？

記憶中，所謂的七月半中元節，遠不及八月半的中秋受到重視。或許，眷村裡的長輩們，都是單身在臺落戶，養家活口都不容易了，哪來的精神去顧及中元鬼節？另有因素，是我猜的，也許當年逃難路上見多了生離死別，加上大陸親人生死未卜，他們有意避開與死亡有關的節日，應該也是合理的解釋。

慢慢的，長大了才發現，不只是小朋友怕鬼，許多七呎之軀的男子漢，乃至一群孩子的皤婆大娘們，也都怕鬼；各種電視、電影、小說裡，大人怕鬼的突梯畫面，還真是會讓人噴飯。

我也不例外，偶爾獨處在磁場有些奇異的場合，心會發毛，頸部發麻，但隨之一想，怕啥？不都說人比鬼可怕？幾十年下來什麼可怕的人沒見過？哪還需要怕鬼？於是，開口隨意唱起歌，兒歌、老歌、情歌紛紛登場；這一下，自嗨難擋，聲音愈來愈嘹亮；沒一會兒，忐忑之心消減不少，不安情緒也已消失無蹤。

農曆七月，就請放馬過來吧！

年的興奮與失落

都說，年的味道愈來愈淡，愈過愈無趣了。我說，八成是年歲增長，人生境遇塞進太多的辛香料，反倒遺失了童年對於年的單純企盼和興奮，自然要感嘆年的失落與淡漠了。

我一直懷疑自己在年幼時，是否患有過動症之類，老惹禍上身，遭罵挨打難以計數。每年一進入臘月，家家戶戶開始醃製香腸臘肉，我就忍不住猴急起來，恨不得大年三十馬上提前搬到眼前——過年多好啊！不會挨修理不說，還有好吃好玩的，那絕對是段神仙過的「太平天國」日子。

母親特別在乎吉利與晦氣，便早早吩咐，臘月了，說話要識相點，任何犯沖的字眼都不准說，就連日常掛在嘴邊的「餓死了」都要封口，否則一個巴掌上來不說，還會命令你去拿張上廁所的草紙，在嘴上擦一下；於是，母親那句拔尖的「你那是茅廝（廁所）嘴啊？還不趕緊抓張草紙擦一擦！」是家中重播率最高的文告。

母親會跑到河對岸的農家，商借他們廚房裡燒柴的大灶，為的是把年糕蒸製得圓熟、光亮美麗；母親說，這關係著一年的運氣，如果年糕沒做好，要晦氣一年，的確滋事體大。除此之外，要炸麻花，沒有麻花，新年如何能「發」？往往麵粉、水與砂糖、芝麻的比例都要分外講究；某年，為了省點錢，少加了些砂糖，味道差了些，母親就非常懊惱，直說灶王爺肯定要生氣了。

香腸臘肉的醃製又是一門重頭戲！試想，這兩樣應景的年菜是要掛在院子裡曬乾的，若是肉相不夠好看，輸給左鄰右舍，心裡肯定要懊惱一年。於是，灌香腸那天，母親特別焦躁，一早就趕去肉販子處，挑選最上選的肉；回家後，據案切肉，大小不能有誤；灑進五香粉、酒、糖、醬油……等佐料後，在大澡盆裡攪拌是我們小鬼頭的活，再來一定要等到完全入色、入味後，才將洗好的腸子端出來，以漏斗塞入豬肉；我們蹲在一旁，用縫衣服的大針，在灌好的香腸上噗吱噗吱的扎出肉眼看不出來的小洞，讓香腸在曬乾的過程裡可以呼吸不會質變。臘肉要醃，要用石頭壓；自甕裡取出晾曬時，小朋友們也要幫忙驅趕蒼蠅，萬一臘肉裡長出白色噁心的蛆蟲，大人的臉就非得綠上一年不可。

祭祖的年菜也得講究，否則如何有臉面讓歷代祖先來保護後代子孫健康發財？年年有餘的「魚」就是一例。無論是鰱魚或草魚，整條入鍋油炸，皮肉要緊密連結，金黃耀目才行。某年，母親心急了些，還沒等到魚皮聽話離鍋，就動了鍋鏟，予以翻身，果不其然，魚皮沾著魚肉，有一大塊跟著鍋鏟粘了上來，母親勃然大怒，一把將煎壞的鰱魚扔進垃圾桶，飛奔去菜場，重新買回一條。我和愣在一旁的姊姊抱怨，多好的一條魚，丟掉多可惜，還不如紅燒吃掉算了；姊姊瞪了我一眼，怒斥我道：「就知道吃！也不怕晦氣的魚害你拉肚子！」拉肚子？我才不怕，只怕可惜了那條肥滋滋的好魚了！

餃子亦然。

從和麵、拌餡開始，母親的口中就不停地說著一些吉祥話。母親說，餃子跟蛋餃不同，雖然外型都如同元寶，但是餃子更重要，因為老祖宗與天上的神祇都先認餃子。餃子要包得好，進鍋入水絕對不能有任何一個破掉，否則這一年到頭都要窩窩囊囊、破破爛爛。

某年除夕夜，吃過年夜飯，父母都發了壓歲錢，撲克牌的十點半遊戲也小賭了一下，母親宣布，開始包餃子，順便守歲；母親說，守歲守得好，可以保佑家中長輩一年都無病無災。於是乎，大大小小抖擻起精神，不敢有任何唐突不敬的言語，乖乖地把每一個餃子都捏得密密實實；母親還會逐個檢查，有任何不及格者，一律退回重包。好不容易，大功告成了，我們也累得人仰馬翻，睜不開眼了，母親才網開一面，讓我們分頭睡覺去。只是，雖然偶有炮竹聲，天還沒亮呢，忽然聽到上廁所的二姊慘叫一聲，全家都驚醒過來，這才發現，放在餐桌上，用沾濕的紗布蓋著的，一個個圓圓滾滾、白白淨淨的餃子，遭到老鼠的偷襲，或破或殘，像足戰火洗禮過的戰場，慘不忍睹；那個當下，母親沉著臉，口裡蹦不出任何一句力挽狂瀾的吉祥話。我偷偷跟姊姊說，老鼠也要開心過年，讓老鼠吃點有何關係？姊姊好心警告我，最好馬上閉嘴，萬一被揍，這一年我就更難過了。

果不其然，那一年開年沒有多久，家中出了大事，父親酒駕發生車禍，被收押進軍人監獄。所有的眷糧、油鹽米票都被取消，就連軍人子女享有的學雜費減免都被收回。那一年，我們過得好不悽慘，在過不去時，母親只能用借來的米，煮成飯，再倒進炒菜鍋用鹽炒一炒，連一花花的豬油都沒有。

壓歲錢當然更重要啦！

母親說，任何長輩給我們壓歲錢都不能收，得趕緊跑開，因為我們家窮，沒有足夠的錢回禮；原來，回禮並不是人家包多少，咱們回多少就算了，依照禮數，拿人十塊錢的紅包，起碼要回十五塊才不失禮。

往往，我們的壓歲錢都要繳庫的，因為一過完年沒多久，學校就要開學，四個孩子的學費是會讓父母愁翻天的。每每，我們都是心不甘情不願地把壓歲錢奉還母親。某年的大年初一，妹妹揣著紅包，擠著公路局的班車到臺中的綜合大樓遊玩，紅包竟然被扒手給偷了；幸好是過年，妹妹逃過了母親的一頓毒打，但是，父親的嘆息與鎖緊的眉頭，讓我體會出父母持家多麼不易。那一年，我慷慨赴義般，沒有賴皮，也沒有私自扣下分文，乖乖地將壓歲錢雙手奉還給父親。

如今，家中興起新的規矩，長輩給晚輩壓歲錢雖是天經地義，但內容不拘，紅一紅就算了。反倒是晚輩也得包封壓歲錢給長輩，這是感謝長輩一年來的關愛與呵護，是天倫，也是道統；「感恩」觀念的養成與強調，此刻恰是好時機。

說到失落，過完年才真的失落。好吃好喝的都沒了，難得和顏悅色的母親又換回緊繃著的臉。還有，累積了一堆的寒假作業，一個字都沒有寫，必須在開學的前一天立刻趕出來，那才真的叫人度日如年，生不如死。

無論是興奮或失落，當個中國人真好，有個如此有趣有聞有傳承的農曆年得以薰陶與受用。但願新的一年，人人添壽添福，吃喝有度，和樂自在。

排骨湯與大白菜

首先要非常坦直的說明，在《人間福報》這塊福地淨土寫文章，不但用詞遣句需要自我檢肅，就連取材內容，都必須再三思量、研究，深怕逾越雷池，汙染了一方清淨園地。

這一篇〈排骨湯與大白菜〉，絕無讚揚葷食之意，只想在追憶成長過程中，與讀者分享曾經親炙過的親情、領承過的父母恩澤、以及由飲食獲取到的人間體悟，如此而已。

我與排骨湯的因緣是這樣來的。

聽母親說，與其他同齡的孩子相比，我的學站習步，都要慢上許多。有一回帶我去醫院檢查，醫生數落母親太粗心，說是我有明顯的軟骨症，但奇怪的是，我的自動修復能力啟動，居然還是能站能走了。只不過，童年的我是個不倒翁，經常摔跤跌傷，別人輕易跳得過的溝渠，我都會一頭栽進去。

母親說，也許是她經常燉排骨湯給我喝，或是以排骨湯煨稀飯餵我，才讓我的骨質得以逐漸強健起來。每回看著我明顯彎曲的小腿，我總是慶幸，不是生為女兒身，不用穿裙子，不必套絲襪。

排骨湯的確是我家飯桌最受歡迎的佳餚之一。父母有錢時，是帶肉的小排；沒錢了，就是沒啥肉的大腿骨。湯裡的蘿蔔才精彩，每個切成三角塊的蘿蔔，經湯汁久燉，爛了，成了半透明，只要夾起滾燙的一塊，邊吹氣邊在嘴裡輪轉，然後囫圇吞進喉裡，一股熱流，隨著蘿蔔的香氣，燙熨了食道，那一美絕的滋味，至今沒有其他食物得以替代。

有一回，我們幾個小鬼頭，都急著將帶肉的排骨夾到自己的碗裡，狼吞虎嚥起來。我一回頭，看見父親在吮著一塊完全沒肉的骨頭，那骨頭有稜有角，若不小心還會戳破嘴皮；可是屬狗的父親，卻是一點都不肯饒過那塊骨頭似的，還死勁地以大牙撕咬著，絲毫沒有放下的意思。我問母親，父親為何不舀一塊帶肉的骨頭啃？母親輕描淡寫地回我，你老子捨不得，要把有肉的留給你們幾個吃……我第一次體會到，原來這就是親情，這就是父愛，原來排骨湯裡還多出了這一味。

後來，家裡的排骨湯裡又多加了海帶（昆布），湯的顏色由乳白變成了淺綠色，母親說，海帶營養，要多吃；我倒覺得母親使詐，因為排骨太貴，量無法多，為了提高湯的鮮味，加進海帶是權宜的手段。但是，我還是屹立不搖的將湯勺對準排骨，每每引起二姊與妹妹的哀嚎與抗議。

家窮，加上食指浩繁，我家的食堂，最多見的自然不是排骨湯，而是大白菜。每到大白菜上市，因為便宜，母親總是會買上一大堆；只可惜她不是東北人，不會醃漬酸白菜。

我家的大白菜總是煮出一堆湯水，母親說，有菜有湯，多好！日子好過時，母親會將炸過的豬油渣，倒進菜鍋裡，大白菜上浮起了難得一見的油水，加上豬油渣的香氣，倒還真下飯。運氣好時，母親自黃昏市場帶回要收攤的油豆腐，雖然形狀不全，或歪或殘，但在裝滿大白菜的大碗裡，還算是個漂亮的目標，只要沾上一點豆瓣醬，只有一個字得以形容：美！

我以為我會厭惡大白菜的。聽說大白菜的性是涼的，有一陣子，我們幾個小的輪流起風疹塊，先是脖子腫起一塊，然後是腳，腿、手臂、前胸、後背。你不能抓，愈是抓，風疹塊腫得愈是大，有一回大姊的臉腫到無法上學。雖說抗議連連，母親的菜籃子永遠躺著便宜的大白菜。

很奇怪，我居然不討厭大白菜，還滿心喜歡。大白菜裡可以加入任何陪襯品。除了上述的豬油渣、油豆腐之外，寬的粉條，細的粉絲，都是大白菜的最佳伴侶。如果買了魚板，那白菜與湯頭都會更甜。其他如鮮蚵、甜不辣、墨魚……乃至吃剩的雞鴨骨頭等新品剩菜，有了大白菜坐鎮，總能不辱使命的變化出一道香噴噴、美滋滋的好菜。

我有一位友人，是大白菜迷，每回跑到日本旅遊，都會央求我買回一大顆大白菜，煮上一大鍋，他居然一頓就能全部吃光。他說，日本打過霜的大白菜是至尊美味，包括最核心的菜心，簡直是大自然送給人類最為珍貴的禮物。我視他亦師亦友，他說的話我基本上都照單全收。

對於這麼一位大白菜的同好，我自然是非常看重的，他對我也一直很好，舉凡世間人情的往還，道義的無可相忘，他都可以分析得讓我信服有加。直到我回了臺灣，他剛好位居要津，因為一件公事去找他，他不顧私交就算了，對待我的態度卻至為冰冷，我霎時像是被一桶冰水自頭頂淋下，當場哆嗦不停。

事隔數年，再見到他，他對我又恢復到過去的熱情與溫暖，可是，我卻是再也無法回到從前那個單純無邪的我。

×

最近有了機會，回到母親的故鄉南京；表弟與表妹一家都要請我吃飯，我直接了當地表明，外面的菜不愛吃，材料來路不明，調味料更是化學劑量伺候，結帳時的數字也令人血壓升高，還不如在家裡吃。主隨客便的結果，當然是我贏了。

表弟家的餐桌上，除了南京著名的鹹水鴨與烤鴨是買回來的，其他的炒蒜苗、蘆蒿、菠菜、紅燒魚，幾乎樣樣可口；最後，為我端上一碗排骨蘿蔔湯，才喝進一口，我的喉嚨立刻被卡住了，那是我熟悉的味道；父親啃著無肉排骨的模樣，瞬間在我心頭漾了開來。

表妹家加進了姑姑的好手藝，一張桌子沒有法子把菜全都擺上，只好盤子疊上盤子的落了起來，就連大閘蟹都擠上來湊熱鬧。最後，真正打動我的還是那一大碗排骨蘿蔔湯。只因姑姑燉了一大鍋，一餐哪吃得完？我逮著了藉口，隔晚，衝著那鍋湯，我再次出現在表妹家的飯廳裡。

每個家庭的飯桌上，雖說也都有過爭吵、有笑有淚，但卻是凝聚成家族記憶中無法稀釋或遺忘的味覺。同樣的，每個人的飯碗裡，都有屬於自己的人生況味，那是獨一無二的，往往無從對外人說清楚，只有你自己最懂。

番茄炒白花菜

現時的青菜，已無時令之分，除了特殊種類之外，幾乎全年都有得買，也或許，進口調度外帶冷藏技術的提升，造福了百姓眾口。

秋風起，寒氣長，又到了白花菜的生產期，尤其是農曆年前後，一顆顆又大又美的白花菜，躺在超市的貨架上，我始終擋不住那股誘惑，老要往家搬，也總是引來老婆的白眼，指著冰箱裡尚未動用，卻有些發黃的白花菜，徒呼負負。

番茄亦然。有時，番茄貴得離譜，每每多看兩眼，伸不出手；繞了一圈後，腳步卻還是被牽引著，再次回到番茄面前。

×

我喜歡這道菜——番茄炒白花菜。

薑片爆香後，先將滾刀塊的番茄倒進鍋裡爆炒，等到番茄都聽話的睡倒，汁液與油合而為一，再將洗淨剝好的花菜加入鍋中，翻炒數下，倒入些許熱水，蓋上鍋蓋，以中火悶燒。等到白花菜的軟硬適合自己的需求後，加入鹽，於起鍋前併入蔥花與半匙麻油、白胡椒粉，這道香噴噴、美吱吱的好菜，就能趁熱上桌，肯定足以賓主盡歡。

有的人習慣先將白花菜經過熱水燙軟後再炒，可以省下一些時間；我倒覺得可惜了，燒菜不能心急，要享受一道菜在自己手中逐一變化的自得；白花菜的甘甜是要在翻炒悶煮的過程裡逐漸釋放出來，豈可浪擲於熱水裡？另外，有的餐廳為了節省工本費，少了番茄，添入紅豔豔的番茄醬，那也真是煞足了風景。

有一年，母親難得被我說服，與父親一同北上過年。每年的年菜，這道番茄炒白花菜是吾家的必備佳餚；一為花菜的花字有「發」的諧音，可取其吉祥之意；二來，菜色的鮮美亮麗，不也是個好彩頭？

除夕夜，我正在廚房準備炒這道菜，父親興致勃勃地在我身邊繞著，我當他對我有啥指點，他只微微一笑，叮囑我燒爛點。等到菜上桌了，大姊只看一眼，就批評道，不夠爛，我不信。等到飯桌上，父親辛苦地咬著白花菜的梗，我才猛然警覺，我的牙口與父親不一樣，我的認知，與一口假牙的父親全然不同。我想拿回去再回鍋燒一下，父親說，還有那麼多菜，不用了。

我至為懊惱，至今依舊耿耿於懷。

如今，父親雖已大去多年，我每年在燒年菜時，有意將這道菜悶得更久、燒得更爛，因為母親已八十來歲，牙齒也愈來愈不俐落。

小時候，我家的年菜不曾有過番茄炒白花菜，這純然是我自己的嗜好。

廚房，一向是母親的領域，直到大姊二姊念了中學後，開始分擔家務，輪流負責燒菜洗碗，我皆獲得豁免，啥都不需做；奇怪的是，兩位姊姊好像也沒有抗議過，把我這弟弟遠離庖廚，當作天經地義的事看待；卻不知，其實我對燒菜，一直懷有興趣。

當我獨自北上讀書，在學校後面租屋居住後，因為參加社團，有了一群志同道合的好友，便會在假日興起做菜聚餐的念頭。

有錢時，我會回想母親的手藝，做出記憶中母親的味道。第一次，有意想現一下寶，興致勃勃地做起蛋餃。先是和肉餡，然後煎蛋皮，入餡成餃；等到開飯了，我先夾了一個入口，立刻察覺，我忘了將蛋餃置入高湯悶熟這道手續，蛋餃裡的肉餡還是生的。

雖說出師不利，但是同學們都極為捧場，四處散播我會燒菜的消息。於是，我捲起袖子，跑到中央市場去買菜，自己做獅子頭，自己滷牛腱豆干；甚至進一步買了牛筋與蒜苗辣椒，炒起父親最擅長的爆炒牛筋來。

老實說，我對自己的菜還挺自負的，深信沒有差上母親太多，唯獨爆炒牛筋這道菜，我老是覺得差了點什麼。有次放假，幾個同學一起跑到臺中玩，父親與母親看著高興，也大費周章地包餃子、滷菜，招待我這些同學。我特地點菜，要父親也做道爆炒牛筋，父親極為高興；才炒出來，就被同學一掃而空。另外，父親又現了一手：油炸泥鰍，同學們視之為天下奇菜，後來不時要我表演；而我害怕泥鰍入鍋炒的那一陣蹦跳，不太敢有勇氣去嘗試。

有一天，忽然聽母親說，父親不吃牛了，爆炒牛筋也不做了，我問為什麼，母親才告訴我，父親做了個夢，夢見一頭牛對著父親流眼淚；夢醒後，父親立刻決定，不再吃牛。

又酥又脆又香又辣的炸泥鰍，也在牛哭事件後，自父親的菜單中消失不見。我那些食髓知味的同學們，每次提及此事，都萬分扼腕。

我在旅居日本期間，憑著記憶，學做蔥油餅、韭菜餃子，都讓吃過的友人讚不絕口。我甚至跑到上野車站邊的「阿美橫丁」（日本戰敗後，美軍占領期間，就已存在的便宜攤販街，至今仍保留著）買了牛筋與大蔥辣椒，大火爆炒，朋友三兩下就啖光了，我卻還是覺得遠遠比不上父親的手藝。後來，有人慫恿我開間小店，專賣蔥油餅與韭菜餃子，肯定比幹記者要賺得多；我倒覺得做菜是興趣，如果當作事業來做，肯定不好玩。

日本人的口味一向偏清淡。有回到日本友人家作客，都是叫外賣的壽司、生魚片；我一時手癢，想做道菜，友人抱歉地跟我說，家裡沒有備食材，我回說沒關係，有啥就做啥；打開冰箱一瞧，果然，除了味噌、醃漬蘿蔔、魚板之外，只有白花菜、番茄、茄子。我順手將魚板切片，佐番茄炒白花菜，把日本友人吃了個四腳朝天；自此，我更是體會，魚板是多餘的，總有魚腥味；拿掉魚板，只是番茄炒白花菜，味美單純，自此定調，無論素食、葷食的朋友，都能欣賞。

誰都難免，摔過不少跤，翻過不少觔斗。碰到的事、遇見的人，總能熗成各式不同的滋味，酸甜苦辣，直入身心，箇中滋味，只有自己最明瞭。對我來說，刺激味蕾的麻辣辛臭者，漸次退卻，逐一被淘汰了；清淡溫厚，恬然有餘韻者，成了屹立不搖的主流；如是這般，「番茄炒白花菜」這道菜自是脫穎而出，成了吾家排名第一的佳餚，而且歷久不衰。

話蚊帳

蚊帳，久遠年代的產物，好似與鄉間、水塘、豬舍、牛欄、茅廁……連結在一起；蓋衛生狀況不佳也，自然滋生蚊蟲。

幼時，家住臺中近郊的潭子，農田果園俱多，家家都無廁所，集體使用公廁。每到上燈時分，蚊子大隊成群出沒，就算打光一罐ＤＤＴ，也還是會有後援部隊，由門縫、紗窗空隙鑽入室內。有時被叮咬到半抓狂狀態，乾脆直接將ＤＤＴ打在手臂、兩腿與脖子上，以為蚊子就不敢來犯；及長，才得知，那ＤＤＴ比蚊子還要惡毒得多。

是故，蚊帳，在彼時的生活環境裡，就更是不能短缺了。

記憶中，負責放蚊帳的都是父親。父親將盤在頂上以及綁在兩柱的四方形蚊帳徐徐放下；在此之前，要先用扇子，在床鋪上方的空間都揮灑一遍，趕走盤旋不去的蚊子。

夏天熱，家人都要在門口乘涼。大人或是聽收音機，或是與左鄰右舍聊天；孩童們不見得都能坐得久，也只有大人的鬼故事，才能安撫得住躁動的童心，不會讓小蘿蔔頭們在睡前，又皮出一身汗。等到露水集結，暑氣逐漸稍退，眾人才紛紛回家就寢。而我，老想貪涼，霸占在藤椅上不願回家，只顧拿著扇子徐徐製造涼風；等到真的睏了倦了、朦朧了，父親來催我進屋，我裝作睡著，好脾氣的父親只能抱起我，吃力的又是撥開紗門，又是掀開蚊帳的，將我安置在床上。

蚊帳還有多種用途。有一回，同學帶我去玩，先到他家喝足一茶缸的冬瓜茶後，只見他像是小猴子一般，竄到床上，開始解下蚊帳；我問他要幹嘛？不怕他媽媽發現挨揍？他只是搖搖頭，神祕的對我笑。緊接著，他抱著蚊帳往外跑，我只能緊緊跟隨。等到穿過田埂，越過河堤，看見一汪靜止的河水，他就開始脫下衣褲，提著蚊帳，走進水中，我這才恍然大悟，他要用蚊帳捕捉魚蝦。那個下午，有了蚊帳後，我們玩得可歡快了，雖然最終只撈起了一些小小的大肚魚，可是能在清涼的河水中跟著同學學做漁夫，這個終生僅有的一次經驗，簡直爽快斃了。不過，我們回家後都挨了一頓打，我是被發現又去父母嚴禁的河裡游泳；他是在蚊帳尚未曬乾之前，就被提前自田裡回家的母親逮個正著。

等到長大了，要到臺北念書。行李袋中的棉被之外，母親堅持要塞進一頂單人的蚊帳，我嫌那土氣，說是臺北的衛生情況比臺中好，蚊蟲肯定少，硬是將那頂紅紅綠綠的蚊帳拉了出來，扔進床底下。等到入住學校宿舍，發現夜晚的蚊蟲照樣出沒，擾得人無法安睡，再後悔也來不及了。

慢慢的，蚊帳逐漸淡出了我的視線。直到數年前搬到內湖的山邊，賃屋居住。緊鄰社區的邊上，就是一區花市，養殖花卉免不掉要施肥，於是蚊蠅特別多。父親有時北上，與我們一同居住，我埋怨蚊子太多，擾人清夢，回問父親是否好眠？父親說，只要有電風扇就好，既涼快又驅蚊；粗心大意的我，居然沒有想到，應該為他備上一頂蚊帳。

臺中的透天厝，父親上樓不便，就在一樓的飯廳邊上搭了張床；每逢夏天，電風扇往往要吹上一夜，我擔心會影響他的關節，父親老是以一句沒事來打發我。自始至終，都沒有再用過蚊帳。

後來，父親走了，小床拆了，那個空蕩的空間，又補上了飯桌與椅子；每回坐下吃飯，看見飯桌上罩著防範蚊蟲的網罩，我總是聯想起蚊帳，還有夏日裡父親抱著我進屋的畫面。

直到臺北住屋的蚊子愈鬧愈兇，往往忍不住要出手拍打；這下換母親北上與我們一同居住，經常在夜間聽到母親一聲慘叫，我們夫妻連同外傭，就得趕緊衝進母親的臥房，揮舞著雙手，幫她除害。我們打算要幫母親裝上蚊帳，但是母親拒絕，說是半夜起床如廁太麻煩。

我與妻倒是投降了，決意在臥室安放蚊帳。這才發現，蚊子也有類別，老實者與刁鑽者還真是不同，竟然有囂張者隨著我上床的空隙，混進蚊帳裡，可以在黑暗中大開殺戒，咬得我們哀哀叫苦。還有，夜半熟睡時，手臂難免會貼在蚊帳邊緣，居然也會遭到餓極了的蚊子嚼食。

最近搬了家，住到民權東路的公司裡，心想，這下應該可以遠離蚊子了。天熱的過程裡，每晚都很寂靜，沒有蚊子相擾，快意油然而生；沒想到，天涼了，冬被都出籠了，蚊子不知道是否趁著換裝電梯的門戶洞開，還是順著排水管逆襲，竟然蜂擁而至。有一晚，與蚊子大戰到凌晨五點，偏偏是日在南部還有兩場演講候著，簡直把我逼到差一點要崩潰。

一般來說，蚊子大都先在你的耳邊開始警告：「嗡嗡嗡，醒來醒來，別睡了，沒發現本大人駕到了？嗡嗡嗡……」等你自掌耳光多次，皆無法斥退牠，便只好開燈候教了；殊不知，牠們也會立即撤退，躲進洗手間或是書櫃裡，等到你兩眼無神，再次關燈後，牠們又飛快地回來對你挑釁。尤有甚者，根本省去了耳邊前戲，直挺挺的就在你的臉上、額頭盯上一口，讓你疼癢難消，暴跳如雷。

我不認為被蚊子戲耍是奇恥大辱，既然人家已然進化到如此境地，作為萬物之靈的人類，只好低頭思考，應該如何對應？電蚊拍？太血腥，太難聞，不行！蚊香？一樣！嗆人！難過……那麼，只有回歸古早的那條路了：請蚊帳出馬，作為城下盟約，你不犯我，我不犯你，如何？

老婆火速請來了蚊帳，三兩下掛了起來；說也奇怪，一見到蚊帳，我那賁張激動的心緒，瞬間冰消雪化，只要想到晚上終於有個好覺得睡，便覺得蚊帳果真是椿人類的大發明，比槍砲都還要威武可靠。果不其然，當我在黑暗中躺進蚊帳裡，聽到那不死心的蚊子在蚊帳外傳來情緒的叫罵聲，便幸福已極的歪嘴一笑，瞬間安然入夢，鼾聲大作。

難忘那些歲月輕狂

哪個年少不輕狂？

也許有人會說，年少雖然曾經，但輕狂未必啊！

我只能說，每個人的際遇不同，所謂輕狂的標準，當然也就因人而異了！

拜成長的眷村所賜，來自五湖四海，擁有南腔北調的長輩們，生下了一窩窩精力旺盛，歉難安分，肚子永遠處於飢餓狀態的下一代。很自然的，男生女生各自帶開；官兵捉強盜者、下田入溝捕泥鰍者、侵入果園偷摘果子者、扮家家酒者……悉聽尊便！只要不會頭破血流，斷手缺胳臂，大人基本上是無暇管束的。

×

有一天，一大隊阿兵哥，途經我們村子，臨時要打尖，就在村旁的菸廠坡地上，紮營過夜。我們這些自小就被教育過，要尊師重道，要崇敬保家衛國的軍人，要矢志反攻大陸的小蘿蔔頭們，紛紛鑽進阿兵哥架起的帳篷裡，聽他們說故事，幫他們提水，吃他們給的乾糧餅乾。

一位阿兵哥問我，籍貫是哪裡？我答，安徽滁縣（又名滁州）；他頓時激動了起來，抓著我細小的胳臂，直視著我的眼，大聲說道，怎會這麼巧，居然跟我是小同鄉！我拉著他，要他去我家見見我爸爸；他搖頭，說是不合適，上面有規定，不准到民家叨擾。

阿兵哥肯定跟我說過他的名姓，只不過時隔數十年，早忘了；唯一沒忘的是，他拍著我單薄的胸口，期待深許的叮嚀我，要好好讀書、好好努力，以後長大了，就回滁縣當縣長，造福鄉梓，讓祖先有頭臉（顏面）。我被激勵，更被感動了，猛地點頭，小小的心志，瞬間膨大如一團團的爆米花。

時隔幾天，我在村裡的玩伴中招兵買馬，聲稱有誰願意跟著我，到新田的軍營，去探望我那個滁州大老鄉？很快的，雖然不夠九條，但是六條好漢照樣能成一班不是？我們士氣昂揚，在熱天裡打著赤腳，毫不猶豫的就往軍營開拔。但是，還沒走上三分之一的路，我們已飢渴難捱，有人當場要打退堂鼓，被我義正嚴詞的拒絕；無奈，天真的太熱，口很渴，最小的一個小弟弟開始哭泣，他的小哥哥起初不理他，後來一百八十度大轉彎，揹起他弟弟就打道回府了。又苦熬了一陣子，滾燙的石子真咬腳不說，就連嘴角都乾出唾沫來；又有兩人坐在路邊的大樹下，堅持不肯再走。唯一夠意思的龔家老三，咬著牙，陪著我繼續往前去。

終於走到軍營了，我在崗哨前受阻，不但說不清老鄉的來路，就連部隊的番號都一問三不知。此一受挫的經驗，讓我生平首次嘗到打敗仗的滋味；我的心揪著，當晚完全沒有食慾，面對著飯桌上一大碗紅燒大白菜，分明有一金黃色的豬油渣，對著我搔首弄姿，我卻絲毫不為所動；母親擔心我是否病了，父親說，大概白天曬多了太陽，水沒喝夠，調了杯鹽水要我喝下，就讓我上床睡覺去了。

我的國仇家恨，我的縣大爺美夢，就此偃兵息鼓，如休火山一般，直至今日。

×

慢慢的，我情竇初開。

結識了母親同事的女兒，臺中女中的，功課跟我差不多，好不到哪去。我們經常在假日翻牆進入臺中女中潭子分部的教室，美其名是念書，其實是大談電影、西洋歌曲……還有，她的戀愛觀。

她每每在上學的火車上，遭到無聊男生的騷擾，不但經常收到情書，還有人要盯她的梢。於是，我與她約好，每天下課後，在臺中火車站會面，不但同搭一班火車，還負責陪她走上二十分鐘的回家路，做她的護花使者。

她的字寫得很有精神，頗有個性。雖說天天見面，她卻經常寫信給我，剖白她對人生的看法；我便在無聊的數學課上，開始模仿她的字體。有一回，我們去新田山上遊玩，遇到一泓碧綠的潭水，她不假思索，穿著她臺中女中的綠色制服下水了，然後尖叫著，歡愉的揮手叫我跟進。那對我，是次莫大的衝擊，我第一次見識到，一個女孩子可以如此不矯揉造作，不在乎世俗的眼光，落落大方地做自己想做的事；相對之下，我們這些臭男生呢？

而後，她偷偷告訴我，與她交往中的男友忽然要跟她分手，說是要專心考大學；我先是懵了，而後愈想愈氣，乾脆寫了封信，痛責那位不敢真誠面對感情的笨男子；這事，我當然沒讓她知道。

人在忙著成長的過程裡，會因老天不經意的安排，忽地就坐上一段偏離航道的火箭，旁射到另一個陌生的星球；與過去熟識的人，在魚雁往返數些時日後，沒有任何理由，也說不出什麼道裡，就失聯，或斷絕了所有音訊。

與她，不再有任何的互動。

我在日本浪蕩了十二年，倦鳥知返，定性的安坐在臺北的某間公司的辦公室裡，開展了另一份工作；縱然偶有心動，想起她來，也瞬息灰滅，立刻被其他突發的俗務所替代。

及至新節目推出，與晚報合作，每週一則故事，在晚報的副刊披露。很快的，累積出一本書的字數，付梓出版，也算是節目的另一種宣傳。

出版社安排了打書的行程，包括了臺中地區。某晚，話說完了，書簽好了，忽然發現眼角的遠端，有位妙齡女子，靠在牆邊，收著一腳，雙手插在胸前，對著我盈盈笑著；我定睛細瞧，她索性款款走了過來，標誌性的酒窩在光線不太充裕的臉上乍隱乍現；她率直問我，她是誰？

我當下便知道，啊！是她！但是，我遲疑了半晌，不急著表態；這是成年人在爾虞我詐的功利世界裡，自然琢磨出的自我保護功能不是嗎？

相逢的下一步，便是再次的背離；很快的，我們終究還是失去了聯絡。

年少的真正本錢就是敢哭、敢笑，就是直接、單純，就是不造作、不虛偽，就是不顢頇、不游移。如此順勢而去，輕狂的發想與行徑，縱有荷爾蒙在推波助瀾，卻也是生鮮的保證，絕無防腐劑的浸漬與滲透。

如今，「三生有幸」的敬老卡，已如護身符般，緊貼在靠近臀部的口袋，或是斜揹於肩頭的皮包裡；少年歲月，只能允許在夢裡乍現，其餘時間，是被嚴密的緊閉在功能不太保險的腦袋中。輕狂，就老老實實地鎖進歷史博物館中，看看即可，觸摸，就不必了；一不小心，那可能會犯法！

明月千里寄相思

母親愛唱歌，尤其是電影的主題曲、插曲，她總是領著我們唱。一度，她期望歌唱得好的大姊，能夠上臺成為紅歌星，可惜，大姊登上了鐵路局的觀光號，成了「觀光號小姐」。

由周璇、白光、姚莉到敏華、潘秀瓊、葉楓……再加上黃梅調。母親經常塞錢給我，為的是幫她在臺中的唱片行，買回她指名的唱片；有一回，她執意要聽姚蘇蓉的一首歌，我來回換了三次唱片，都沒讓她中意，害她幾乎發火到呼我一巴掌。

那麼多耳熟能詳的歌手與唱片，最讓我印象深刻的就是吳鶯音唱的〈明月千里寄相思〉。

中秋節，吃完晚飯，坐在家門口乘涼賞月，我們這群隨時都鬧飢荒的小鬼頭，虎視眈眈的是茶几上的月餅與柚子。不過，一旦客廳的唱機傳來吳鶯音略帶鼻音的歌聲：「月色茫茫照四周、人隔千里路悠悠，未曾遙問，心已愁，請明月代問候……」我立刻知道，母親想家了，思念南京的親人了；她肯定心情不好，我最好皮繃緊一點，躲遠點，省得又被猛K一頓。

×

說到中秋節，第一個跳進眼底的自然是月餅。彼時，月餅的種類並不多，打開一盒，若有八個，伍仁起碼有四個，其他的則是鳳梨、豆沙。我最討厭伍仁，死甜，餡裡的肥油與瓜子肉，結合成一股噁心的餿味。沒錯！因為家裡沒冰箱，一個不小心，母親捨不得給我們吃的月餅，會長出一層綠色的黴菌，害了母親嘴裡念著佛號，不得不把月餅給倒掉。

我喜歡人們口中說的「臺灣月餅」。清香合口的綠豆沙，夾有一層滷好的瘦肉，外皮酥爽不沾牙。偏偏家裡見不到，往往是要跑到鄰居家，才能分到一口。

月餅盒裡襯托月餅的是五顏六色的「鬚鬚」。女生最陰險，老是先搶「鬚鬚」，說是放在鉛筆盒裡好看。不過，後來也聽說，村裡官階最大的某位伯伯，一個不小心，被某個手快的某家小兒，在他剛收到月餅禮盒中的「鬚鬚」底下，翻出了一卷鈔票；這一下，村裡熱鬧了許久。

柚子，或是文旦，自然也是中秋節少不了的珍饈。父親先是切平了柚子的尖端，在柚子身上淺淺的劃上五、六刀，將皮剝離柚子肉；那皮，就是現成的一頂帽子，我總是要戴到睡著了，父親才會幫我摘掉。

被月餅、柚子塞滿小腦袋的那段少年時光，當然不識愁滋味；我們愁的是少吃了一口月餅，少搶到一瓣柚子；卻無從體會父母這一輩，思親懷鄉的萬般愁緒。

如今回想，真覺得他們生活大不易。

某年的中秋夜，乘涼的大人們在聊天。隔壁老實八交的李伯伯忽然大起了嗓門，他以特有的山東口音大聲說道：「什麼人間天堂？什麼四季如春？熱起來屁股要著火，悶起來腦袋要裂開；下起雨來，滴滴答答的老不爽快，跟俺山東老家比起來，這裡哪是人住的地方？」旁邊的李媽媽急了，拉著他光著的膀子，怒罵道：「才喝了半杯狗尿就醉得胡言亂語！走！跟我回家去！」李伯伯猛然一甩，強大的力氣把李媽媽推倒在地；他繼續罵道：「俺就是這個破命！離鄉背井的到了這破地方，啥事順利過？我的名字叫做李永順，偏偏永遠都不順！」一向和氣對人的李媽媽坐在地上哭了起來，母親與對面的曾媽媽急著去扶她，李媽媽邊哭邊說：「他這麼胡說八道，就是說酒話，萬一被告到上面，抓到監牢裡，我們這一家老小怎麼辦啊！」木訥的父親在旁接不上腔，好在曾伯伯的官銜大些，見識廣些，就立刻搶著說：「大家都是有緣分，才能由大陸這麼大的地方，奔來臺灣，住在這麼一個小眷村裡，這分感情連親兄弟都比不上；永順兄可能是過節了，想家想過頭了，才會說一些酒話；這酒話怎能當真，明天睡醒了，沒有一個人會記得的！放心吧！李太太！別哭了啊！」。

曾媽媽與母親將披頭散髮的李媽媽扶進了房裡，李伯伯被曾伯伯按在藤椅上，又遞給了他一杯茶；滿眼血絲的李伯伯安靜了下來，他的嘴唇閉得像是個「一」字，臉色在月光底下，顯得分外鐵青。曾伯伯為了緩和氣氛，開始說鬼故事，他說，一次半夜行軍，明明天上的月亮跟中秋一樣亮、一樣圓，可是，整個隊伍像是中了邪，無論怎麼走怎麼繞，最後又都繞回原點，於是，隊中有人說，他們遇到不乾淨的東西，在鬼打牆了；果然，立刻發現小道邊上有一片墳塚。聽著聽著，所有的大人小孩都入定似的，彷彿被高手點了穴道，全場鴉雀無聲，就連先前激動的李伯伯，都挺直了腰桿，紋風不動。

後來，家家戶戶的環境都改善了，買了電視冰箱不說，廂型冷氣也都紛紛裝上。別說是平日了，就算是中秋夜，人人都躲在家裡吹冷氣、看電視；村裡的院子，不再有人乘涼，只留了個皎潔白晃的月亮，高高掛在村子裡已經廢棄不用的水塔上。

大學畢業，當完兵，留在臺北打拚，只有過年會趕回臺中，就算是中秋節，也懶得去擠火車，都遠遠待在臺北。有一天，蔡琴把新錄好的一卷錄音帶送給我，說是翻唱老歌，市場應該會歡迎的，我順手放在隨身皮包裡，好幾天都忘了它的存在。一直到某個假日，沒事在家整理皮包，居然翻出了那卷錄音帶；放進錄音機後，我在歌單裡發現了這首〈明月千里寄相思〉：「人隔千里無音訊，欲待遙問，終無憑，請明月代傳信，寄我片紙兒慰離情……」那晚，李伯伯、曾伯伯、李媽媽、曾媽媽、父母的音容，都隨著蔡琴的歌聲，迴旋蜿蜒在眼前。

眼前又是中秋佳節，昔日眷村裡的叔叔伯伯們，都已凋零得差不多了。那些只會在睡夢中偶一出現的長輩們，這會兒的魂魄，可都安好？也或許，只有天上的明月，得以看得最清楚最真切，我那些活著辛苦掙扎，死後終不再飄泊的眷村叔叔伯伯們，都已含笑佇足在故鄉的泥土上了。

我的高雄記憶體

高雄，彷彿蒙塵已久的一粒珍珠，倏忽，被擦拭淨盡；不僅色澤溫潤、儀態姣好，就算湊近眼底細看，都能由反折出的蕩漾光暈，照見出四射的活力。我那所謂的高雄記憶體，說穿了，就是以左營為中心點的昔日情懷。

海軍陸戰隊六五二團的團部連，緊挨著司令部，僅隔著一道圍牆。一開始，我被所屬的團部連，分配到存管排；彼時（西元一九七三年），電腦作業已然在軍中開步走，對於數學完全不來電的我，因此墜入了一個不見天日的鬼魅黑洞。雖然理智告訴我，趕緊求饒，趕緊請調吧，但我過於貪戀每天走路去司令部上班的放風時刻，雖然才僅僅十幾分鐘，已然是喜獲自由的假想天堂。一直到連長由排長處得知我在工作上的反應，幾近白痴，才火速將我調回連上，改去管理槍枝。我剎那像是回過神來的植物人，不但成天在連部的伙房打轉，順手捻來好吃的菜餚；還可以躲在槍械室裡聽音樂，睡懶覺，肚子的脂肪隨著心境的好轉而急速囤積，再也不強說愁一般長吁短嘆。

每逢週日上午，最痛恨值星排長臨時交代任務，哪怕是三十分鐘，都要讓我火冒三丈。我像是急著飛出牢籠的囚鳥，一心想趕去高雄市內的電影院，觀賞早從政戰士手上搶到票券的勞軍電影。看完電影後，在鬧區的冰果店喝杯木瓜牛奶，或是搭上公車返回左營大街，由蜜豆冰、臭豆腐、烤玉米吃到酸菜隨意加的牛肉湯麵。

如今回想，左營的鬧市一條街，走過來走過去，就是那個樣，平凡得有如塌鼻小眼扁臉的村姑；但當時在我的眼中，卻是國色天香的仙女。不到回營報到的時間，就死心眼在那兒磨蹭，哪怕坐在冰果店的板凳上發呆兩個小時都是美好的。

我也見識過在地人或許都沒去過、專門為部隊採購而存在的菜場。

連部裡，人人都視接任伙委為頭痛的事，萬一遭到團部長官的投訴（團部領導的伙食要由團部連負責），被連長修理是小事，禁足幾週不讓出去，才真是慘無人道的處分。我這人只要是沾到吃的任務，立刻就精神抖擻起來；搞吃的？太容易了啊！與其他伙委的思考邏輯不同，我知道，炒豆干時，要多加一味豆瓣醬與一把花生米，還要多撒一碗蒜頭；炒空心菜，只要在油熱時，先倒進辣豆腐乳，滋味肯定就能翻上兩個層級。於是，做伙委所賺到的榮譽假，讓我在退伍前都沒有休完。

說白了，做伙委最誘惑我的，還是可以外出呼吸無拘無束的自由空氣。

每天清晨四點不到，不用執勤的衛兵叫醒，我一個翻身就自動自發著裝完畢。在黎明前黝黑的團部馬路邊上，要去買菜的全團各連伙委，擠滿了整部軍車。我捨不得坐著，老是要探出頭，看著沿途昏黃的街燈，投影在偶一出現，踩著自行車的路人背上，那讓我想起騎車去工廠上班的父親。

那個活力四射的菜場，更是令人目不暇給。就算那個年輕美麗的女夥計叫破了嗓子，我的目光絕對不會片刻遲疑，因為老士官長交代過，青菜水果魚蝦排骨，都有固定的攤位採購，箇中理由，不言可喻。

×

左營最有名的當然就是蓮池潭周邊的風景區。那個年月，由營區到左營火車站，只有一個目的地：家。雖然可以經過蓮池潭，但終究對我缺乏吸睛的魅力。一直到數十年過去，在煉油廠工作的友人Y，領著一群好同事，帶著我在池畔孔廟內的茶館飲茶。他們除了備有好喝的高山烏龍，還偷偷藏有冰鎮到恰到好處的白葡萄酒。坐在靠池邊的茶座裡，清風徐來，身心爽快，望著一泓灰濛濛潭水，以及遠處岸邊搖曳款款的楊柳，我第一次察覺，原來這蓮花潭的撫媚，被我忽略了這許久，真是好生慚愧！

再過數年，日本友人來訪，我興沖沖地想安排友人去一趟蓮池潭，並在那茶館裡勾留一下午；但是Y回覆我，孔廟仍在，茶館卻收掉了，裡面再也遍尋不到值得留戀的任何角落。我在悵惘之餘，又趁著一回高雄友人的邀約，重新走了一回蓮池潭。果不其然，那孔廟的空泛俗膩，簡直找不到任何形容詞；我退而求其次，在岸邊走滿了日課一萬步。伴在我身邊的朋友也感嘆道，為何主管風景區的公務人員患有無可藥救的「美感恐慌症」？他說，官員寧願花錢去建築朱紅褚赤、怵目驚心的日本神社鳥居，安上一個恢復古蹟的莫名名義，也不肯將一個城市的文化涵養，透過景點的雅緻擺設，讓居民與遊客都能洗滌掉粗鄙的慾望與惡習，從而對此一城市產生好感，誓願再來？

高雄的愛河，曾因沉澱汙泥的惡臭，讓人避之唯恐不及。沒錯！在我那一年九個月佇留高雄的期間，只要稍微走到愛河附近，就會被臭味給驅趕而去。當時還會嘆息，原來電視劇裡，愛河邊上閃爍過，一段纏綿難捨的愛戀故事，是要演員與工作人員或是掩著鼻子，或是憋著呼吸，才得以完成蕩氣回腸的劇情；不禁感嘆，影像世界真是虛假到可以。

說來連自己都不敢相信，雖說近年來的確去過幾次高雄，也早已聽聞愛河的汙染已經治理完成，我卻是一次都不曾再重新走過愛河。可見人對萬物的成見，一旦定型，還真是難以除去。

最後，非得一書的倒是某年某日，藉由一位陸戰隊好友的牽引，在一個下弦月的夜晚，登上了萬壽山頂，在一處軍營的絕美景點。左邊看見山下明滅移動的車燈與大廈民宅的燈海相互輝映，多少齣家庭的悲喜劇正在上演；右邊則有強力探照燈巡弋在海上，軍艦、商船的光點與漁船的旖旎漁火相對吐息，夢幻淒迷，和平寧靜到足可讓人忘卻人間有悲苦。

我生在彰化北斗，長於臺中，老在臺北；一次都不曾大聲疾呼過一聲愛臺灣，那太肉麻做作。我只是卑微的期待，藉由曾與我生命有過一年九個月交集的高雄復甦，能讓這方有山有海、有情有愛的寶島土地，得以構築出全民的美好記憶體，而且永不褪色，永不虛假，永不黯淡。

輯三

緣起不滅

不曾叫過的熊杯杯

很多人都叫他「熊杯杯」，或乾脆省下一字，直呼「熊杯」。我卻從未叫過。

我是在課堂上首次見到熊杯的。

「導演實習」是在翠谷的「小劇場」開課。站在橢圓形講臺上的他，已然稀疏的頂上頭髮，硬是由左側拉出救援髮絲，橫過頂部，跨越到右側，然後用髮蠟定型，避免惡作劇的大風給亂了局。圓滾的肚子不太安分，就算有皮帶箍住，皮帶還是欲振乏力的被肚子擠在肚臍之下，讓塞在褲子裡的襯衫險象環生，彷彿只要一個噴嚏，就會把襯衫上的釦子全數崩落。

熊杯將班上同學分成許多組，每組成員自行決定實習的主題，然後分別擔綱編劇、導演、攝影等職務，以膠卷來拍攝我們生平的第一部影片。

我們這一組很快地有了動靜，決議將投考大學的桎梏與折磨，寫成《飛》的腳本，男主角最後在飼養鴿子的引導下，「飛」了出去，向聯考、教科書、參考書、父母永遠告別，也取得永恆的自由。

等到《飛》在課堂上播演後，熊杯給了我們不低的評價。

然後，只剩最後一年就要畢業，我開始焦慮，不知自己的未來在哪裡。

考完期末考後，我寫了一封信，寄到熊杯服務的臺視，希望熊杯能夠給我一個實習的機會。等了許久，皆無下文，我躲在臺中家裡的小房間長吁短嘆，覺得前途茫茫，毫無希望。就在此時，門鈴響了，正在成功嶺上拍攝電影《八道樓子》的熊杯，要隔壁班班長張燦宗寫信給我，讓我直接到臺視去找湯生導播。

立馬活過來的我，火速趕赴臺北。我以為，有了熊杯的指示，就可長驅直入臺視了；殊不知，電視臺的警衛威風八面，不但不讓我進大門一步，就連內線電話也懶得撥通；我哀求數次，警衛的大眼愈來愈兇惡，恨不得一腳將我踢出去。我被阻攔到自尊心破碎了一地，站在大門外；我跟自己說，如果就此離去，也許再無回頭的機會，於是咬緊牙關，硬著頭皮再次走進去。警衛氣得只差沒拿掃把趕我，我仍大聲地據理力爭；此時，湯生導播執導的《臺視劇場》製作助理杜士林，剛好走出來，一聽我要找湯導播，便一把拉著我的手就進去了；而那位凶煞門神，卻是一句話都沒有吭。

我的人生就此轉彎，許多不可思議的奇遇，如電視劇一般，高潮迭起，應接不暇。我每週都到臺視報到，由《臺視劇場》的劇務做起，不但有飯票、有收入，就連半夜收工後，都有工程班的大哥，帶著我坐臺視預約的計程車，回到溝子口的宿舍。最重要的是，我的視野打開了，自信也慢慢上了身，有了自己的閱歷與目標。當兵回來後，再回臺視一年，然後轉去報社當記者，遠走日本。這一切因緣的起頭，靠的就是熊杯。

到了日本沒多久，熊杯與另一位程德全導播，到東京的富士電視臺參訪；熊杯拎了好多禮物過來，給我打氣。我問他們想去哪裡玩，他們說，想看日本最有名的舞蹈演出，於是，我便領著他們，坐山手線到有樂町，那裡有出名的女子歌舞團，長期在做公演。等到看完後，再與他倆碰頭，程導播才笑著跟我說，他們想看的是脫衣舞啊！這下是我糗大了！好在熊杯非常體諒我，他說，我剛到日本不久，對日本還不熟悉，日文肯定也還不到位，沒有關係，下回再說吧。

沒錯，熊杯對我還真是包容，外帶提攜，一點都不避嫌；他也當面激勵過我，說是很以我這個學生為榮。

等到我回到臺灣，轉行製作電視節目後，時為臺視節目部經理的熊杯就是我的貴人，無論我送到臺視任何企劃案，他都會極力促成。他有些應酬，都是廣告界的大亨，他也老是拉著我出席。我臉皮薄，好多次都想溜號，熊杯就正色告誡我，既然是入了這一行，就算再有才華，如果沒有好的人際關係，路也會崎嶇難行。

位於八德路與敦化南路口的臺視，一度成了我在事業上拚搏的重鎮，也因而結識了許多好友。曾經做過影片組組長的已故好友 Nancy 胡渝生，某次就坦言跟我說，她與熊杯是同事也是好友，熊杯有點臭脾氣，不算是好相處，但她發現，熊杯對我的好，應該是沒有前例的。

我到華視製作《點燈》節目後，因為工作繁忙，很少有機會再到八德路的臺視走動。偶爾，熊杯會給我電話，問我忙得如何？還有沒有製作戲劇節目的打算？我回說有，戲劇是我一生的最愛，他開心的笑了。而後，每回看到他，他的第一句話，永遠是「你的《點燈》怎麼樣了，還能撐下去吧？」我點點頭，見他用手指摸了一下頭，我這才發現，他的頭髮真的快沒了。慢慢地，他的位子被更迭了，接著便退休了。

我只有每年過年時，會固定打電話到熊杯家，向他拜年；他在電話中，開頭也還是在問「點燈」點得如何？我猜，他大概一下子找不到其他的話題吧。

直到某次聚會，圈內的朋友說，熊杯走了，我傻在位子上，久久回不過神來。等到我打電話去熊杯家，師母哭著跟我說，熊杯是個勇者，他不願將罹癌的事，讓外界知道；只要朋友相約去打高爾夫球，他還是揹起球具，勇敢出征，絕對不會顯露出體力不濟的一面。

如今，每回經過臺視，我總會站在臺視對面，重新尋找記憶中，臺視曾擁有過的不同外貌，以及在裡面發生過的事、遇見過的人。人事已非，固然是人世間不變的定律，但是曾經與自己擦肩而過的有緣人，無論健在與否，都是我這一生值得書寫下來的紀錄。熊杯，熊廷武、熊老師，便是其中永難抹滅的一段章節。

他曾是綜藝大亨

愛走路的我，計算目的地與家的距離，已整理出幾條必經之路。由家去西門町中山堂，可經過捷運中山站經臺北車站到重慶南路的地下街；下雨、天熱尤佳，約八十五分鐘可到。

走到松山火車站較無成就感，不到一小時。

至於忠孝東路、敦化南路的路口更短，四十分鐘不到。

不過，忠孝、敦南路口附近，有一大樓，曾有一位製作綜藝節目的大亨在裡面辦公，他的大名是黃宗弘。彼時，戒嚴令尚未解嚴，老三臺（臺視、中視、華視）橫霸臺灣每個家庭的電視機。

為了一睹外面世界的多姿多采，無論是日本的《紅白歌唱大賽》、《八點全員集合》、成人電影……我們都擠在黃宗弘的辦公室裡，針對錄影帶裡的內容說三道四；黃宗弘略懂日文，有些我們猜不出來的意思，還得問他。
黃宗弘的外貌有點像綜藝節目裡的諧星，頭髮有時整潔，有時凌亂；一副茶色鏡片的眼鏡架在鼻梁上，不時下滑，他必須揚起眼珠，才能穿過眼鏡框的上緣，凝視他眼前的人。他的穿著倒也整潔，襯衫外有西裝外套，但西褲褲腳帶點喇叭，我老覺得與他的外型不甚匹配。
世人視人，習慣帶著世俗的放大鏡，針對某人的學歷、所得、房產、汽車來衡量。我曾聽到行當裡的人在背後替黃宗弘打分數：名氣與財氣無法登對；心不夠狠不敢海撈；做人不夠通達、不夠聰明，經常被石頭拌倒。不過，中興大學畢業的他，這在當年大學聯考門檻奇高的年代，倒是一筆正面的評價。
黃宗弘幫鳳飛飛製作的綜藝節目《我愛週末》，在中華民國電視史上，還真是應該大大記上一筆。
臺視週六下午三點的時段，一般不是播放影片就是國劇，擺明了就是冷鍋冷灶的非競爭時間。可是，由鳳飛飛主持的《我愛週末》忽然平地一聲雷，大爆冷門，收視與廣告瞬間引起業界所有的注目，鳳飛飛更是飛上枝頭成了大紅大紫的王牌巨星。幕後的製作人黃宗弘，自是水漲船高才是；只不過，他碰到的S導播是臺視有才氣卻出名的難搞，經過幾回合的較量後，臺視內製的《我愛週末》節目竟將製作人黃宗弘給撤換掉了。

黃宗弘的這口氣肯定是難以下嚥，果不其然，過沒多久，他領著鳳飛飛，跳槽到中視另起爐灶，在豪華酒店的舞臺錄製新的綜藝節目《你愛週末》，鳳飛飛有如見風竄飛的風箏，聲勢高得驚人，唱片大賣不說，還上了大銀幕演起電影。黃宗弘的一口鳥氣，總算吐得心花怒放。

不過，黃宗弘並未因此而一飛衝天，鳳飛飛由《你愛週末》過渡到《一道彩虹》，黃宗弘不見了，製作人另有其人。他沒閒著，又把臺視的另一王牌張小燕挖到華視，製作了《飛燕迎春》節目，在當時又是一樁轟動武林的大新聞。不過，黃宗弘的流年並不順，沒過多久，張小燕宣告懷孕，退還《飛燕迎春》的主持棒，黃宗弘再次被業界笑話了。

不屈不撓的黃宗弘立刻扭轉方向，臨時找了演員陳秋燕、石英接下主持棒，以稍帶鄉土味的《新飛燕迎春》應戰，也算是一記不錯的好招。

我與黃宗弘很少私下互動，下意識裡覺得他的人並不複雜，也就不會像是面對一般受訪者，多少帶有保護意識。偶爾，他會約我們在中山北路的一家咖啡廳聊天，我們幾個記者形成默契，只要被請一次，我們就聯合回請一回，為的是不要讓「記者吃四方」的江湖傳言落實為真。有一回，發現他非常苦惱，為的不是節目，而是他的妻子罹患乳癌；我們聽了也難過，就想約他妻子，一同吃個飯，表達我們的善意，也算是幫襯黃宗弘逗他開心一下。

當天，黃太太果真來了，淡妝的臉色，掩蓋不住病體的憔悴。黃太太很客氣，不住地感謝我們對黃宗弘的照顧，我們當然也數落黃宗弘一頓，認為他的個性在複雜的影視圈注定要吃虧，應該更柔和幹練一些（只差沒有教他如何去電視臺的業務部拜碼頭、送好康等等技倆）。

面對爾虞我詐的採訪圈，清流不是不能開闢，我與幾位同業一度想成立一個非正式的聯誼會，希望能為影視業做一點匡正風氣的努力，但隨即遭到意想不到的阻攔，不得不宣告夭折，這對我是一記強烈的打擊，興起了不如歸去的念頭。

就在黃宗宏的辦公室，邊看《八點全員集合》的錄影帶，邊聊及我想出國走走的念頭；黃宗弘說，去日本看看吧，應該可以開拓自己的視野。我自忖，去美國要考托福，我沒那時間與體力去上補習班，相對之下，到日本走一遭，留學手續很簡單，或許真是不錯的點子，就真的開始行動了。

如今回想，我在日本前後十二年，黃宗弘沒有來過日本一次；每年回臺一次，我的應酬應接不暇，新交與舊識排著隊要請客，假期一轉眼就沒了，自然也沒有與黃宗弘連絡，逐漸的，就與他失去了任何互動。就算偶爾與舊時的同業聊起黃宗弘，也不知他的下落。

等到我回臺定居，開始為工作打拚，跑到電視臺製作《點燈》節目，在華視走廊遇見燕子——陳秋燕，燕子指著我的鼻子大笑道：「沒見過你這樣的二百五，放著人人求你的記者不幹，跑來幹處處求人的製作人。」我跟燕子問起黃宗弘，她也說完全沒有消息。

沒過多久，在報上看到了黃宗弘病故的短欄。

我一直感念黃宗弘，不但為我當年的迷惘提出了忠告；還有一事，他在某日晚報截稿的前一刻，打電話告訴我鳳飛飛與趙宏琦結婚的獨家消息，我們立刻挖版披露，讓日報完全無法追上。

人走遠了，模樣依然還在腦子裡，沒有化淡。每回，經過敦化南路一棟大樓的騎樓下，我總是會抬頭瞧瞧，多麼希望那個穿著喇叭褲的男子，會出現在眼前。

櫻花季節的背後

每年一到三月底、四月初，國人騷動不安的心，於焉推擠；蓋日本的櫻花季節到了。

加入旅行團者有之，呼朋引伴者有之，獨行俠有之。大熱門的京都、東京、福岡、北海道，機票飛漲，拿不到的，徒呼負負的依然大有人在。

我的一位日本友人，平日循規蹈矩，謙恭有禮，但骨子裡是傾向鎖國的。每回酒後，談及日本各地暴增的外國觀光客，尤其是行為不端莊、喧嘩吵鬧的黃臉老外，他總是要罵粗口。尤其，櫻花季短短十天半個月，被花粉症困擾的他，更是情緒大壞，覺著老外軍團一手摧毀了老天賜予日本的神聖季節；他紅著眼眶、擤著鼻涕，極力贊成日本政府，尤其是櫻花季節，應該要巨額收取外來觀光客的「汙染稅」。事實上，他自己年年在櫻花樹下醉倒，無狀至當場嘔吐，四名大漢都抬不動他；有一年甚至還失禁，尿了一褲子。

櫻花種類有上百種，但真正被日人重視的，就是吉野櫻，也就是染井吉野櫻，以東京為中心，據說占了百分之八十左右。

吉野櫻白中帶粉，在風中飛舞飄零時，甚是壯觀淒美；有如一隊隊穿著白色盔甲的武士，在刀海中頭斷落地；更像是自神社裡走出，一系白色和服的一群宮女，集體躍入河中大海，自殺尋主。

櫻花在春寒中含苞怒放，讓穿著密實，頭臉蒙氈的賞花者，當下就對櫻花起了恭敬心。它的素、冷、酷、豔、孤、絕在在顯示出大和民族的悲劇色彩。

我很同情日本人。他們是屬於群體、沒有個人的。在家裡，從小就被教育要窄化自己，不可為他人帶來麻煩與困擾。在學校，一切聽老師的不算，還要忍受同儕的霸凌與驅使。在公司，講究資歷與地位，下班時間到了，長官沒有離席，下面就沒人敢動；如果不想陪同上司去酒館喝酒，就注定沒有出頭之日。

日本有句諺語：「只要是一群人，就算是闖紅燈也不怕。」意思是，落單時，要自愛；要想做壞事，就得拉夥結伴。早在五、六〇年代，臺灣的觀光市場是仰賴於大批的日本男性觀光客，到北投溫泉、中山北路、林森北路集體買春。再往前延伸，二次大戰時期，為何日本皇軍敢在中國大陸集體屠殺手無寸鐵的百姓？仗的也是人多膽大。戰後，有些做過錯事的日本軍人會生病，得到憂鬱症；但是，另一個群體抵死不承認，不認錯，久而久之，又壓制住知道反省的個人。

日本地窄人稠，尤其進入現代化後，整個社會有了很大的變動，大量的鄉村人口外移，集中在大都會裡，許多農地荒廢，住屋無人傾圮。有一回，我到京都的鄉下，拍攝提倡「半農半X」農耕法的達人——塩見直紀的紀錄片。塩見跟我說，他曾經跟一般年輕人一樣，大學畢業就進入一家大公司，做一個平凡的上班族；沒過多久，他發現自己被大公司的制度與人際關係，壓迫到快要喘不過氣來。許多跟他同病相憐的同事，沒有勇氣改變既有的生活模式，只能過一天是一天的上班下班，為的只是養家活口。

後來，塩見得了憂鬱症，他無法繼續忍受那種一成不變的集體勞動，沒有個人空間的無色無味生活；終於痛下決心，辭職回家，回到人煙稀少的農村。

塩見回鄉後開始鼓吹與他有相似心理狀態的年輕人，乾脆攜家帶眷，前往荒地無限的鄉下，一方面可以季節性的務農，種植無農藥的稻米蔬菜；另一方面，農暇之餘，可以去發展內心深處，早有興致卻不敢行動的愛好，諸如織染、手做豆腐、彈奏鋼琴吉他、手打麵等等。

果不其然，在塩見的帶領下，我看見了不少年輕人，或在假日市集中賣手打拉麵、蕎麥麵，或在市集裡展示並銷售自己製造的木器廚房用品、唱歌、打鼓。那裡的群聚氛圍，與都市裡的日本人完全不同；他們沒有西裝領帶，只有頭巾、粗布衣褲；沒有制式的表情，取而代之的是真心的笑臉與熱情。他們大都承認，他們一度成了社會的邊緣人，無法融入巨大的城市機器。後來，終於找到了自我，找到了存在於這個世上的生命意義；雖然物質生活距離富裕有一大段距離，但是他們獲得重生，有了生活的重心與目標；就算曾經盤踞在心頭的自殺念頭，也因另一半的陪伴與下一代的出生，而自然消除了。

塩見是一個哲學家、思想家；在我眼裡，他就是一個勇氣超乎常人的現代武士，敢於突破現狀，抵抗牢不可破的集體機制。

在塩見身上，我看見了身為日本人的無奈。於是，我開始聯想，想到在美國、加拿大，甚至中國、臺灣遇見的日本人，在精神樣貌上，都與日本國內的人有了明顯的不同；他們大都脫掉了靦腆害羞的面具，敢於坦誠的敞開心胸，說出內心真正的感受，而不是瞻前顧後、怕得罪人，只會揀著一些不著邊際，無關痛癢，沒有營養的社交語言。

那一回，塩見的故事拍攝完畢，塩見帶領著我們，去到一個河邊公園，幾株巨大的百年櫻花樹下，空無一人，讓我們肆無忌憚地看到爽、拍個夠。陽光自雲間冒出臉來，將櫻花的色澤，加添了一層透明的釉彩；壽短命薄的櫻花，在枝頭擠成一撮撮、一堆堆，像是較量著彼此生命週期的長短，也像是相互溫暖著、依偎著、鼓舞著。只不過，一陣寒風倏然掃來，那前一刻還在搔首弄姿的花瓣，尚且來不及吭聲訣別，便先後脫離了短暫寄生的枝頭，慌亂急促的舞動在空氣中；哀號，被風聲掩蓋住；嗚咽，留給自己，在泥地樹根邊。

去東京就要找子傑

時代在變，人心在變，習慣在變，觀念也都在變。

曾經，出國是件了不得的大事，光是機票錢就讓人望之卻步；如今，出國成了全民運動，到國外度假，可能較國內旅行都划算；只要靠著兩根手指頭，就能在網路上搞定一切出國事宜。

不過，話雖如此，到了人生地不熟的國度，平安順利最好，就怕碰上一些沒有計劃到的意外。

我想，許多人的口袋裡，都有幾位住在國外的親友名單，以備不時之需吧！

我當然也會有。由最近的日本算起，首先被我挑中的就是他——林子傑。

我大了他將近十歲。我們先後進入日本大學藝術學部；我念的是廣播電視，他是攝影。

他生來英俊瀟灑，氣質出眾，極有女性緣。來日本前，他在臺灣的傳播公司待過，我們因而有了共通的話題。不過，當時的他挺憂鬱，眉頭緊鎖，不苟言笑，原來適巧喪母。

子傑是混血兒，父親是日本人，母親是臺籍。父母先後過世，兄長的年紀大他一大截，或許也是造成他鬱鬱寡歡的原因之一。

他一向樂於助人。八〇年代初期，兩岸的關係依然十分緊張，我想將南京的舅舅接到日本，讓父母與舅舅在東京團圓，但是日本的簽證非常難拿，欠缺有力人士作保，大陸人要想前往日本，還真是難如上青天。我偶然跟子傑透露此事，子傑立刻親自出面，帶著我去拜會一位公益團體的負責人，火速替我辦妥所有證件，順利的圓滿了母親與舅舅姊弟重逢的心願。

我與子傑因此成了無話不談的好朋友

×

偶然間，子傑在教會的禮拜中，認識了住在東京原宿的華裔名人，丁媽媽。丁媽媽是極為虔誠的基督徒，早年國共內戰時，就輾轉到了日本；起先從事餐飲業，非常成功；而後買下原宿的精華地段，就在明治大道與表參道交叉路口的土地，蓋了大廈。丁媽媽每逢週日都會在家中大張旗鼓地宴請留學生，來者不拒，我雖然不是教友，也多次側身其間，大啖美食而喜不自勝。

子傑的善良與恭謙態度，獲得了丁媽媽的歡心；丁媽媽的兒女都在美國，子傑適巧填補了那個空下來的位子；子傑自己，何嘗不是在丁媽媽的跟前，重新享受到母親的溫暖與關愛？

丁媽媽雖然非常富有，但節約成性；她知道哪裡的蔬果便宜，哪家的藥房最廉價，經常要專用的司機開車帶她去購物，為此也頗為自得。不過，冰箱裡塞滿的食物，經常會過期或變味，子傑不怕丁媽媽翻臉，總是定期去檢查巨大的冰箱，將已然不新鮮的食品丟到垃圾桶；丁媽媽則立刻開始你丟我撿，回頭在垃圾桶裡尋寶，說這些還能吃，不可以浪費食物。我在旁看著他倆的互動，像足了喜劇片，每每笑到不行。

子傑原本在做影視的服務業，任何與日本有關的錄影報導，只要交給他，就萬事不用操心。後來，丁媽媽的年紀愈來愈大，便要求信賴有加的子傑，幫他管理不動產。子傑很爭氣，經營得當不說，還照顧起丁媽媽的生活起居。

我們本來都以為，活力充沛的丁媽媽，別說可以活到一百歲，搞不好會成為人瑞，打破日本人的長壽紀錄。沒想到，忽然一個急轉直下，丁媽媽沒有破百就蒙主召見了。

丁媽媽走後，子傑就開始遭到一些耳語的攻擊與傷害，雖然難過，但是子傑不但協助丁媽媽的兒女處理了善後，也將丁媽媽多年前贈與他的公司股份，毫無眷戀地還給了丁媽媽的後人。許多熟知內幕的好友，都替子傑打抱不平，認為他太好說話，吃了大虧，但是子傑毫無所動，他說，錢財再賺就有，何必降低自己的格調，讓人看笑話？

我一向就吃定了子傑。當年離開新聞工作，轉到影視界之後，子傑成了我完全依賴的合夥人；好處不但沒有，經常因預算有限而刪減他的所得。他既是攝影師，還要身兼司機，負責接送藝人，管理藝人的食宿等諸多問題。我的家人親友到東京旅遊，我可以全都塞給子傑，由他帶著四處遊覽，好像與我沒有絲毫關係。就算阮囊羞澀，銀行沒錢，只要向他開口，也從來不曾被他打過回票。

子傑真是個仁人君子。以他的條件，絕對可以呼攏各色美女。我曾側面得知，子傑居然可以拒絕某位女星的投懷送抱；我問他是否有此事，他輕描淡寫地回說，他不習慣輕佻的言行，若要找伴，還是單純一點的女孩子，才能夠天長地久。

他為人厚道，不論人長短。他有位友人，很有才氣，兩人時有合作項目。外界將那位友人的性向加油添醋，說是子傑與他有特殊情誼；子傑從不為此辯解，只是擔心那位友人太好杯中物，不但容易誤事，也會傷身體；他在苦勸無效的情況下，只好默默疏遠，不再有任何工作上的互動。

如今，他擁有一個美滿的家庭，能幹美麗又年輕的牙醫妻子，來自寶島臺灣，個性單純熱忱，還真是他鍾意的理想伴侶；不但拿到了博士學位，在東京懸壺濟世，還為他生了一兒一女。

不過，此刻在東京經營不動產租賃買賣的子傑，有如一個知書達禮的讀書人，只是習慣姜太公釣魚的模式，很少為了生意主動出擊。我替他擔心之餘，也發現是我害了他，其肇因於我經常將朋友拜託的事情扔給他（最近是一位朋友要陪伴兒子去東京註冊讀書），他也照單全收，從不推託。

過去，老友柯導經常把「去東京就要找阿斗」掛在嘴上；如今，我已早就挪用過來：「去東京就要找子傑！」

畫筆下的思念與感謝

藤井克之，六十四歲，日本新潟人，畫家。

藤井有位女兒，自小便有才氣，開朗活潑，極為討喜，藤井給她取名為小百合，期待女兒能像女星吉永小百合一樣，既聰慧又美麗。沒想到，十五歲那年，小百合的心忽然生病了，她罹患上嚴重的憂鬱症。

小百合卻是每每在休養過後，都能追上既定的人生進度，無論是讀大學或是就業。不過，一旦犯病，小百合就又被打回原形，與憂鬱拉扯不清。

看在藤井夫妻的眼中，對於小百合面對的困境，自是十分不捨。有一天，藤井太太對小百合隨口說了一句，聽說臺灣很溫暖，不像新潟這般多雪寒冷，若是有機會，小百合可以去臺灣走走，散散心。沒想到，小百合當晚就上網訂了機票，第二天一早跟父母報告，她要前往機場，搭機去臺灣了。藤井夫婦極為緊張，擔心女兒單身出國；或許，小百合已經洞悉父母會有的反應，乾脆先斬後奏，去了再說。

小百合的前世或許與臺灣有過千絲萬縷的關係，僅是在臺北故宮，喝了一杯茶道老師泡製的烏龍茶，身心便被洗滌一遭，宣告愛上了臺灣。幾次往返新潟與臺灣後，她在臺北找到了日文老師的工作，決意留在臺灣過日子。

藤井夫婦看到小百合的改變，都覺得不可思議。小百合反過來建議父親，不妨也到臺灣旅行，畫一畫臺灣的風土人情，並且在臺灣辦個畫展吧！藤井總是順口回應小百合，卻從未往心裡放。

在臺灣工作的一年半當中，小百合的身心處於幾近完美的狀態，憂鬱症居然也不藥而癒。正當藤井夫婦喜不自勝的放下了懸在半空中的心，忽然又得知一個噩耗，小百合得了乳癌。

臺灣的醫護人員建議小百合在臺灣進行手術的治療，以免耽誤，但是小百合擔心父母飛來臺灣照顧她會有語言與生活的不便，還是決定返回新潟治病。藤井飛來臺灣，協助女兒搬家，當他走進女兒位在捷運新店線大坪林附近的租屋時，發現女兒對日文教學的認真態度匪夷所思，太多的文稿與教材，滿溢在房間裡；他也看到女兒是以怎樣的毅力在學中文，無論是廁所、浴室、客廳、臥房，四處都貼有學習中文的貼紙。離開臺灣的前夕，小百合在飯店哭了一夜；小百合心碎的悶嚎哭聲，成了藤井這一生再也癒合不了的傷口，只要一觸及，又會鮮血直流。

回到新潟接受手術後，小百合始終都很堅強與樂觀，她說，要馬上把病治好，再回到臺灣，繼續在臺灣享受沒有壓力的美好生活。

手術過後，小百合也的確回過臺灣一次，向她的學生與好友們報告手術的經過。可惜的是，她的體能漸漸孱弱下去，與癌症抗爭了兩年，小百合終於還是敗下陣來，在新潟的醫院嚥下最後一口氣。

×

小百合走後，藤井陷入了強烈的不忍與自責的深淵裡，他極度後悔，為何不在小百合生前，就到臺灣去實地理解臺灣對小百合生命的重要？

藤井於是背起了行囊與畫架，踏上了臺灣的土地。他揹著小百合留下來的隨身包，裡面裝著小百合的筆記，除了要步上小百合走過的每道足跡，去到每個小百合停駐過的咖啡廳、景區、街道……他還決意要代替小百合到訪想去卻去不了的小城、山澗、湖邊。當然，他要把每個去處都用畫筆畫下來。《點燈》是在去年的九月與藤井聯繫上的。謹慎行事的藤井在事後表白，他曾經向臺灣的友人打聽過《點燈》是個什麼樣的節目，幸好，他獲得的答案都是非常正面的。

我們先行拍攝藤井的外景，包括小百合戀戀不忘的臺南咖啡店，以及去不成的日月潭。藤井跟我說，多虧了我們的安排，他不但去了日月潭，還在埔里找到了用皎白筍殼製作的紙張；他說，要用臺灣的紙來畫臺灣。

到攝影棚錄影的當天，我在藤井眼底讀出了他流淌自內心的悲傷與哀痛。錄完影後，我詢問他，可否請他吃個飯聊一聊？他答應的同時，問我在哪裡碰面？我回他，一個是臺菜餐廳，一個是我家；藤井眼睛一亮，他說，還沒有機會到臺灣朋友的家裡做過客。

隔了兩天，藤井在翻譯 Akila（也是小百合的學生）的陪同下，來到了寒舍。起初，他顯現了日本人慣有的靦腆與不安，等到兩杯酒下肚，他緩了過來不說，還感嘆道，他在日本的朋友不多，但是多虧了小百合牽成的好因緣，居然結交了許多臺灣的友人，就連 LINE 與臉書上，多數的加入者都是臺灣友人。

席間，他問我有去日本的安排嗎？我這才告訴他，要在二月去趟福島，探視一對經營民宿的朋友。當場，他與我約定，一定要由福島轉進新潟一趟，我聞之大喜，真好，可以順便去看看小百合的故鄉與居家。

果不其然，熱情的藤井，為我們設計了非常完善的行程，還將我們介紹給溫泉、甜點屋、高級料亭的好友們。途中，為了避開一段塞車的路段，他繞過一座橋後，才幽幽的說，車子立刻要經過他最想逃避的地點——小百合逝去的醫院。

藤井太太以及二女兒，當晚都出席了招待我們的晚餐會。他們一家三口，不斷地述說對於臺灣土地以及臺灣友人的感念；藤井追述，好心的臺灣朋友不但安排他在臺北開了畫展，還有一位不認識的看展女士，雖然語言不通，卻含著淚緊緊的擁抱了他。

藤井說，他已經比小百合還要愛戀上臺灣了！

我也有了同感，藤井的確已經將對女兒的思念，對臺灣友人的感謝，全都畫在紙上了！

五十年後的再見

人生能有幾個五十年？

人生一遭，明師何處求？

我何等幸運，竟然皆得以擁有。

此一故事的啟端，就在五十年前。

慘綠的青少年時期，臉上布滿的青春痘，就是內心與世界抗爭的斧痕。紅到泛紫的痘子，即將爆裂，但是手指就是槍枝的扳機，愈是空乏無聊的代數課，愈要心狠手辣的提前去摳它、擊它；等到些微的刺痛，換來手指上一撮汙血，外帶白色的膿頭，彷彿撕開了一層罩在心頭、不讓呼吸的薄膜，才解氣、舒暢了。然後，煙硝過後留下的坑疤，成了祭悼青春的怵目荒塚，一輩子掛在臉上，再難剷除。

×

初二升初三的下學期，偶然檢視紅色扎眼的成績單，我暗叫不妙，很顯然的，我大概又要留級；唯一可以挽救的就是「生理衛生」這門課。假如即將到來的月考能考高分，平均下來，讓這門功課低空及格，說不定就能在其他科目的補考後，勉強升級。

幾經思慮，我寫了封信給授課的谷睿齡老師，以哀兵之勢，述說面臨的困境。我絲毫沒有把握谷老師會理睬我，說不定順手就會將我的信，扔進她腳邊的紙屑簍。沒想到，兩天之後，她把我叫進了教員休息室。

谷老師開口就點出我的痛處。她說，既然可以考上市一中，就表示我不是個笨小孩，只是，我上課時為何不專心？老是兩眼無神地神遊太虛？她問我知道怎麼念書嗎？知道課本的重點在哪裡嗎？我無從回答；她叫我把課本拿出來，當場示範讀書該有的機靈與通識，並以紅筆劃上重點。而後，她又苦口婆心的提點我，天下沒有白吃的午餐，如果自己不努力，任何人都幫不了你的忙；還有，她語重心長的叮囑我，只要不放棄自己，日後還是有希望的。

我這才察覺，谷老師的聲音非常好聽，像是手工做的饅頭，很有彈性，清爽不黏牙。

隨後的月考，僅僅是熟讀谷老師幫我劃下的重點，居然就得了九十四分，這是當時「正常」的我，所無法考出來的分數；難怪考卷發下來時，鄰座的同學都以狐疑的眼神看我。結果，學期末，我的「生理衛生」果真及格了，其他紅字的學科，也在補考後滑壘得分，如願地升上了三年級。

畢業後，我跟著市一中退休的校長汪廣平，跑到他新辦的「明道中學」就讀高中。只因功課太爛，我無顏回到改制為「居仁國中」的市一中，去探視谷老師與級任張永盛老師。

十八年後，我由日本回來，參加一個包含有臺中行程的活動；某日，吃完午飯，我紅著一張臉，藉由酒後壯起的膽子，走進飯店對面的居仁國中。教員休息室的一位老師尷尬的回答我，張永盛老師不久前剛因癌症過世，谷睿齡老師也早已移民美國。我回到飯店的房間，放聲大哭，將一車子候著我的同業，扔在遊覽車裡枯等著。

時間的指針不停向前移動。就算是每天被俗事纏繞，偶爾，會思念起昔日在我生命裡，替我點過明燈，助我破除黑暗的老師們。二〇一七年，我們舉辦了一場感謝老師的演唱會《老師我愛您》，我也寫了一篇應景的文章，在《聯合報》副刊登載。該文見報後，竟然在臉書收到谷睿齡老師的堂妹，也是退休老師的谷瑞勉女士的留言；好心的她，轉告我谷老師住在美國洛杉磯的地址與電話號碼。

就這樣，我與谷老師連絡上了。電話中，我非常訝異，時隔五十年，老師說話的嗓音竟然一樣悅耳動聽，沒有一點滄桑沙啞；我答應，會盡快趕去美國探視她。無奈，每回挪出時間，都有臨時的要事，如巨石般挪移不動。一直到二〇一八年的十二月，我跟老婆說，非得動身不可了，若再延遲下去，我都要開始嫌惡自己。

臨行前，我向老師報告，老師說，無論哪一天，她都會留在家裡等我。下機的第二天，友人 Ashley 開車帶著我，直駛老師位於阿罕伯拉的家。

那是個靜謐的社區，一片綠草皮的後面，篤實無華的平房，夾在左右相同風格的房舍中間。我按了門鈴，老師開了門，沒有任何遲疑，老師伸手擁抱住我。

我將收錄有那篇文章的拙作，雙手呈給了老師，老師也雙手接了過去。老師說我瘦了，沒有五十年前的臉圓；她還說，曾在美國的《世界日報》，看過我寫的報導，她跟自己說，喔！這孩子找到適合的工作了。

我當然要感恩老師當年的教誨與協助，老師卻說，就算沒有她，我一樣可以走出自己的路；瞬間，我眼眶一熱，像是當年那個徬徨無依的笨男孩。

即將邁入八十的老師，喪偶年餘；兩女一男的孩子，都極為優秀，不是教授、科技專業就是檢察官；雖然孩子都不要下一代，她也達觀的說，那是孩子們的選擇，她只要把自己照顧好，過好每一天就成了。

老師要請我吃飯，我說我來吧，老師說，那就不必了。我這才發現，同樣是眷村長大的老師，原來也具有一分直爽且不扭捏的個性。老師還跟我說，她非常歡喜我沒有忘記她，這是她短短幾年的教學過程裡，最為安慰的一件事。

過了兩天，另一友人鹿博文，開著他的名貴好車，親自接了老師，前往一著名的義大利餐廳，招待我倆師生；飯後，又專程送老師回家。分別時，老師拿出一個厚實的信封給我，我堅持不收；老師說，她連夜看完了我的書，知道我正在做的事情，她要以實際的行動支持我，不准我推辭。

短暫的相聚，終究要說再見。我對洛杉磯這個巨型城市，首次有了濃郁的認同與牽掛，只因為，谷老師居住在此。往後，我或許會成為洛城的常客，畢竟，與谷老師時隔五十年的聚首，豈能讓它輕易中斷？

輯四

擁抱初心

邂逅瑪麗蓮・夢露

邂逅瑪麗蓮・夢露，就在臺中的美國新聞處。

當年，臺中市一中（今日的居仁國中）的隔壁轉角，就是美新處。剛入學沒多久，某天，離回家的交通車還有一段時間，我再也壓抑不住發酵的好奇心，跟著高中部學長的腳步，怯生生地走了進去。

美新處給人的強烈印象就是乾淨。磨石子的地板，反射著某種倨傲的色澤，是拒人於千里外的冷峻；空氣中飄浮著消毒水、地板蠟、香水、古龍水的混和氣味……等到進了廁所，又是別有一番洞天，比我家客廳起碼大上兩倍，將自己鎖在裡面，有占地為王的喜悅；坐式的抽水馬桶，是傳說中的實體（我們眷村家家戶戶都沒有廁所，只有惡臭傳千里的公廁，是得蹲著的，一到下雨天，像是滑梯的坡道，會有白蛆大軍滾滾而上）。

圖書館的空間奢華，屋頂也高；陳設的坐椅沙發，與電影的美國家庭一個樣，跌坐進去，就像個老大爺一樣的爽。羅列在開放書架上的一本本雜誌，都是英文版，雖然看不懂，圖片倒是張張好看。

瑪麗蓮．夢露，就在彼時跳進我的視野。

她瞇著眼睛，立體的睫毛向上翹，小說中形容不正經的女子「煙視媚行」，似乎就是這模樣。她那殷紅的嘴唇微微張著，羅列平整的貝齒，閃著光彩，似露非露，較黑人牙膏廣告的美女亮上無數倍；唇邊的黑痣是個符號，喜悅的跳翹著，給人想像的空間浩瀚如海。我就這樣看著看著，傻了。結果，交通車跑了，花了我一小時又四十五分鐘，由臺中走回潭子的家。縱然被母親罵到臭頭，留的飯菜與冬瓜湯都涼得可以，我的心頭卻是暖滋滋的，因為夢露一直笑咪咪地陪著我。

然後，在電影《大江東去》看見了活生生的夢露。無數個夢中，我以流利的英文，跟夢露無所不聊；她臉上釋放出的蜜桃香粉味，與家裡那瓶明星花露水相比，簡直是天地之差。每每夢醒，我都分外的失意，明明夢裡的英文呱呱叫，為何面對英文考卷時，又變得破破爛爛？

我有一位同班好友，功課也不好，但沒有我爛，他叫林添盛，住在豐原，零用錢很多。他上下學都是坐野雞車（叫客的計程車），經常在下課後，請我去中華路夜市吃點心，肉丸、番茄蜜、肉粽、四神湯、蚵仔煎，真的是樣樣可口。也經常堅持請我坐野雞車，我在潭子下，他繼續坐回豐原。

有一天，說好了要陪他去中央書局買參考書，但是我才上個廁所，他就不見了；我三步併做兩步的往中央書局衝，以為他已經先到書局等我。只是，在書店繞了幾圈，就是沒有他的影子。

我百般無聊，也有點洩氣，肚子咕嚕咕嚕地叫響，看來是注定沒有點心吃了。正想離開書店，卻猛然發現夢露正衝著我在笑。

那個年頭，雖然世間富人不多，人與人的相處卻是厚道且大方的。原來夢露出了寫真集，書商與店家並沒有以塑膠膜將書本包紮起來，禁止客人翻閱。適巧，不到下班時間，店裡的客人不多，我與夢露世紀性的對話於焉展開。

銅版紙張印刷出來的相片極為精美，我反覆翻閱，對瑪麗蓮．夢露有了進一步的認識。其中有一張，鏡頭由上向下俯瞰，夢露坐在玫瑰花海裡，裸露著半個上半身，對著天下蒼生無邪的笑著。我怕店員來趕我，故意繞了一圈，再回到原處，再次失神地盯著那張圖片，與夢露難分難捨。

那本寫真集的訂價，就算是每個月在校刊的投稿都被錄用，沒有個大半年，累積的稿費也不夠去買。偏偏，貪婪自心底波波漲潮，瞬間就吞沒了我的理智。

彼時的書店沒有監視器，店員的人數不夠多，巡店的店員不是去搬書，就是幫忙收銀、包書。

我自忖，把整本書藏進書包的風險較大，如果只是撕下一張彩圖，書店說不定可以退書，損失較小（沒有想到就輪到出版商倒楣了）。我轉動賊眼，發現櫃檯前有數人在買書，造成視線的死角；千載難逢的機會，稍縱即逝。我咬緊牙關，試圖將圖片撕下，卻因裝訂線與膠水黏得太緊，難度陡然升高。我的腎上激素上升，心臟跳動的聲音，根本不用麥克風，便已經如大鑼大鼓般，送進了我的耳膜。我最終是如何走出書局的？是否被發現？已全然不知；我只記得，當我如大夢乍醒時，已度過一段幾近無意識的狀態。我在中山路的一條小巷弄裡打開書包一看，油晃晃的便當邊上，瑪麗蓮．夢露已安然躺在那兒，不受便當發餿的味道影響，甜美的對著我微笑。

當晚，為了安置夢露，我費煞苦心。抽屜是絕對不能放的，姊姊在我對面做功課，經常侵犯我的領地，到我這裡來翻找文具。枕頭底下當然也不能藏，媽媽喜歡拆下枕頭套與被套清洗，太容易被發現。床底下，那個裝彈珠與陀螺的桶子呢？不行！又黑又髒，太委屈夢露了。最後，由偵探電影中獲得靈感，每天更動一次藏匿地點，可以減低罪行暴露的危險。

歲月如電影院前的預告看板，一週換一次，一下過了數年。

我對瑪麗蓮．夢露的痴迷，因為奧黛麗．赫本、英格麗．褒曼、葛麗絲．凱莉、黛博拉．蔻兒的活躍於大銀幕，自然逐漸退色。某次世新放寒假，我由臺北回家，無聊中翻動抽屜，居然就輕易的與夢露撞個滿懷。照片中，瑪麗蓮．夢露燦爛的笑靨依然如昨，不見一絲落寞；而我，卻早已不是那個滿臉青春痘，滿腦子奇情夢幻，那個青澀無知的我了。

我也才意識到，自從盜取瑪麗蓮．夢露的照片以後，我不曾再進入中央書局一步，一次都沒有。

童心大發

午後，天光漸亮，疾風驟雨的雷陣雨終於歇息了，只殘留些還想玩耍的小雨點，稀稀落落的跌落在彼此視線範圍之內，那一小圈一小圈的水坑裡。

人，陸陸續續都走了出來，原先冷寂暗影的街道，又被人的氣息所籠罩。

一對老夫妻，一前一後，夾帶著一個約莫三歲左右的小童。小童穿著一雙黃豔豔的小雨鞋，撐著一把土黃、參雜了綠色水珠的小傘，低著頭，好像有心事。

我剛要穿越這祖孫三人，忽見那小童因為踢到水坑的殘水而停下腳步；他才遲疑了那麼一下，就雙腳離地，跳躍在水坑裡；飛濺起來的水花瞬間歡愉起來，換下了死氣沉沉的面孔，爭先恐後的繞在那一雙黃色雨鞋的四周；仰起小臉的小童樂壞了，眉眼嘴角外帶臉上的雀斑，都潑灑的笑了開來。

走在後面的爺爺忍俊不住，被小孫子的童悅激發出沉睡許久的童心，咧開了嘴，露出嘴裡的一顆銀牙；前面的奶奶發現不對，猛一回頭，本能似的，立刻大聲制止小孫子；小孫子或許已經習慣奶奶的管教，乖乖的，沒有任何抗辯，循規蹈矩的回復到原先的速度與節奏，跟著奶奶的腳步，信步向前，留下了水坑裡的殘水，倒映出天上依然漂浮著的烏雲。

我回頭看著那祖孫三人的背影，有那麼一點說不出來的悵惘與不甘；悵惘的是小童與爺爺的那分喜悅太過短暫；不甘的是，我難得被勾起的童心，未免也消散得太快。

所謂的童心，就是天真爛漫，就是直心純淨，就是哭笑自如，就是一掰就斷的新生蘆筍。

×

記憶中還是五歲左右吧，家住今日臺中大雅路，面對省二中大門，一條筆直坡道邊上的小小院落裡。某天，一個大哥哥，帶領村子裡的小鬼頭，要去不知名的地方遊玩；也許我臨時去尿了一泡尿，也許去喝了一口水，等到我氣喘吁吁地奔上大雅路，那座龐大的瓦窯廠前，已完全不見任何人影；有的，只剩下瓦窯廠高矗的煙囱頂上，兀自漫舞騰飛著的一隻蒼鷹。

我生平第一次嘗到了被世界遺忘、被孤獨吞食、被不受歡迎的負面情緒所掌控的滋味；有點鐵鏽般的，還有點像是橄欖核仁裡的苦味。

還有一次，清晨，肯定是個週日或假日，所有的大人與玩伴都在沉靜的空氣裡酣睡，我卻早早醒來；睡意甚濃的父親叫我出去玩，不要吵他。我穿著木屐拖，由院落走到大雅路上，尋不到一個熟悉的人影。站在路邊的我，看著空曠無邊的大操場上，一片淡淡的晨霧，低低掛在足球門框的上端；一排樹影的一側，一整片舊式日本房子當中的一間，剛燒毀不久，仍有一股輕煙，裊裊的隨風浮盪著；伴隨著一股刺鼻的焦味，有樹膠與油漆混和的臭氣，成為我記憶體中鑿痕最深的一部分；日後，這氣味偶爾會來干擾我，那是某種屬於孤獨的劣質品噴劑。

這些根深蒂固，難以拔除的底層記憶，應該是要被界定在老靈魂之林；如今仔細想想，與我那仍是小屁孩的年紀還真是搭不上邊。

某次，看過電影《空中飛人》後，我對馬戲班裡，飛空騰躍的特技入迷至深，尤其是在空中幾個翻滾，即將落地的瞬間，被守株待兔的接應者及時拉住雙手，簡直酷斃了。有一天，父親將交通車停在家門口，認真的清洗零件與輪胎；我攀爬到交通車的帆布頂上，發現帆布有某種奇妙的彈性，在上面彈跳，有駕雲御風的功能，分明就是空中飛人的翻版，於是興奮地又跳又叫，引來許多小玩伴在車前驚嘆的喝采與羨慕的眼神。

父親覺得危險，叫我下來，我哪肯？那可是一座連做夢都難求的瑰麗舞臺呀！我愈跳愈高，愈跳愈急，得意中，沒有抓好角度，一個歪斜，由車頂飛快掉落在柏油地上。氣急敗壞的父親難得生氣了，從不打我的父親，居然踢了我一腳，我大聲慘叫，父親這才發現，我把大腿跌斷了。

父親抱著我，衝到潭子街上尋找跌打損傷的師傅治療；回家後，鄰居玩伴都在笑話我，笑我由英雄變成了狗熊。不過，倒楣的父親遭了池魚之殃，下班回家的母親由小玩伴的口中得知父親在我落地後，用力踢了我一腳，這下不得了，母親如瘋了一樣，對著父親又捶又打；母親痛罵父親，男人的手腳重，怎可輕易出手修理已經受傷倒地的我？母親甚至責罵父親，虎毒不食子，他怎可如此狠心？勸架的鄰居勸解母親，直說母親不也經常打我？為什麼就不能容忍父親的偶爾動手？母親說，那不一樣！她只是讓我皮肉痛，不至於傷到我的筋骨。

自那以後，有一大段時間，母親對我分外仁慈，不再輕易動用刑罰；父親更不用說了，頂多是用他的牛眼怒瞪我，若被母親看到，還要責難父親給我臉色看。我自此知道，母親是疼愛我的，是護著我的，雖然她自己例外，可以隨手把我當排球，左打右轟，絕不手軟。

可見，童心有時也會惹禍。

成長，需要付出各色代價，將童心束諸高閣，是其中之最。有時，一個不小心，會露了餡；頑皮一下（例如戳一下友人的右肩，當他回頭時，趕緊由左邊溜走）立刻會遭到白眼，被指責為不正經；稍微耍弄小手段（例如以左腳右後拐，去踢右邊人的臀部，小孩會樂得咯咯大笑）大人就會瞪你，罵你老番顛。

於是，我漸漸發現，我喜歡跟小朋友為伍；他們的喜怒哀樂很直接，不用猜；你對他們好，他們很清楚，好心不會被扔在垃圾桶；你為了他們好，責罵他們，他們哭完了，會回頭擁抱你；你病了不舒服，他們會主動來親你的臉，不怕你的病是否會傳染；你請他吃東西，好吃難吃都直講，不會背後嫌惡。

人說老小老小，活到愈老，愈會反璞歸真，愈會溶解掉世故的油滑噁膩，過濾掉人世的偽裝粗礪；是故，我也後知後覺的明白，我自小喜歡在老人堆裡打轉，原來是有道理的。

如今，領到了「三生有幸」（老人卡）卡片，坐高鐵看電影都有半價的同時，站起來發現身高矮縮，坐下來卻要面對三高的飆升。接著下來，還能做些什麼好呢？看來，大概會勤跑動物園與兒童樂園了吧？

出走紀念日

三月二十日，是我的出走紀念日。

也因為出走，我那輕狂的年少歲月，才得以沾染上一些未知，卻帶有少許冒險的瑰麗色彩。

我在一九八二年的三月二十四日，登上飛機，實踐對自己許下的諾言：出走。

最近，一位初識的朋友以她擅長的姓名學，加上生肖分析，鐵口直斷的劈頭就說，我的一生停不住，就是會跑，就是愛走，絕對安分不住；我當場哈哈大笑，笑聲裡掩藏不住幾分得意之色。

從我的青春期（中學）開始，每天在上學途中，就被銀白色的鐵路「光華號」曳走了魂魄似的，由心底冒出囈語，不斷的催眠自己：我要走！總有一天我要走，走到臺北，走到天邊，永不後悔。

二十五歲那年當完兵，我花了半年時間，在電視臺裡打轉，尋找人生當中的下一個驛站。沒過多久，時來運轉，遇見貴人，我進了《民族晚報》，當上了人人稱羨的記者。又過了兩年，我開始不安分，背後老像有一雙手在推著，推著我離開臺北，離開家園，到另一個深不可測的國度行走，任何困難都阻撓不了我的意圖。

果不其然，護照苦等不到的同時，電視臺的好友已經幫我拿到日本的入學許可；另一友人幫我介紹了日本的保證人。雖說餞別的飯局延宕了一年以上，還有朋友取笑我，出國是否只是我在訛詐送行飯的藉口，但是，義無反顧之餘，硬是訂了張單程機票，大有絕不回頭的氣概與決心。

等到三月二十日，坐上飛機了，這才意識到，我的日文程度，只是停留在五十音會讀不會認的尷尬階段。

飛機在羽田機場降落，機門沒有直接連接到閘口，而是要走下樓梯，轉搭巴士。在步出機門，呼吸到外間清冷空氣的剎那，竟有某種熟悉且安定的力量油然而生，心想，有啥好怕？硬闖就得了！

只因為在臺灣念的是三專，無法在日本直接考研究所（其實自認不是念書的料才是主因），我先是申請了一所二年制的廣播電視專科學校，但是課堂上完全聽不懂；後來思前顧後，決定痛改前非，不要再混，先去日文學校把日文搞通再說。沒想到，《聯合報系》辦公室適時在東京成立，我有了工作，可以在日本重新規劃往後的人生大業；於是，在朋友的建議下，乾脆去考日本大學的藝術學部，裡面有有廣播電視的相關課目。

找到機會，由前輩帶領，我去拜訪系主任吳（念為kure）先生。系主任一看到我資料上的年齡就大搖其頭，他凝重的跟我說，我都三十歲了，與他們招收的十八歲學生相較起來，顯然超出太多，他擔心我與同學會有代溝，恐怕會合不來。

我也不知哪來的雄辯口才，當場就據理力爭跟系主任辯道，年紀大是事實，但是單就學習精神來說，我自認還有十八歲的熱情；更何況親近藝術的人不會老，我也絕對不承認自己老。系主任被我辯得一時答不上話，乾脆就說，還是先報名吧，考試那一關，能否闖得過還不一定；我識相的不再吭氣，雖說心中直在打鼓，猜想考上的機會真的不是很大。

或許我的意志力戰勝了學校老師諸多的現實考量，我真的被錄取了。

一個三十歲的大叔，重新自大一開始讀起，的確在同學之間造成不小的反應，馬上有人幫我取了「北杯」的外號。不過，我可不是省油的燈，一般的學科（除了數學）難不倒我，術科部分，我在世新以及電視臺的實務經驗，更是得以輕鬆過關。於是，每當我翹課去跑新聞，然後在下課前回到教室時，同學都會對我露出神祕的一笑，助教也忍不住笑著揶揄我道，回來得真是時候。

體育課是必修。班上的同學搶著報名滑雪課，老師說，東南亞來的留學生鮮有機會見到雪，更別說是滑雪，所以我們三個來自臺灣以及另一位由新加坡來的學生不必抽籤，可以直接參加滑雪隊。一位抽籤揹龜的同學不願輕易放棄，跑來跟我說，北杯，你那老骨頭，很可能撐不住滑雪這種激烈的運動，萬一摔斷腿，可不是開玩笑的；是故，他好心勸我，還是把機會讓給他吧！

我豈是如此沒有膽量的弱雞？當然嚴詞拒絕了他的好意。

果不其然，上課的第二天，一位韓國留學生就折斷了大腿；老師再三叮嚀我們要小心，千萬要記得老師教導的要領，跌倒時，一定要側翻，千萬不要栽跟斗，把腿給硬折斷呀！幾位走得近的同學，都不約而同憂慮的看了我一眼，我裝作沒看見，只管調整臉上的墨鏡。最後，我當然是過關了，只不過，因為雪的光害，我把自己曬成了熊貓，除了兩眼附近有墨鏡保護，保有原色，其他部分全給曬黑了！

前兩年的必修學科挺多，縱然難度不高，但是分量加起來也夠嗆；後來兩年，大部分的學分已拿到了，也就像是溜滑梯一般，咻的一聲，順利畢業了。我繼續琢磨，既然把書又讀過一遍，總該繼續讀個碩士，才不會辜負父母的期待。

心高氣傲的我，先是跑去考早稻田的研究生，教授對研究生一樣嚴格，該做的報告，一次都不准少；我苦撐了兩年，學業與工作兩頭燒，苦不堪言，最後還是打了退堂鼓，跑去另一所大學的研究所，主修社會學。很不幸，進去才知道，社會學的深度與廣度，絕非我這半調子的學生能夠輕易梳理得出來，單就德文課，都要丟掉半條老命。幸好，菩薩保佑，我的指導教授鈴木老師分外的慈悲，不但經常帶我吃飯，開車送我回家，還十分同情我既要上班賺錢，又得顧及到學業的困境。因此，在他一路護送下，我的碩士論文答辯，沒有遭到太大的刁難；等到我出了考場，一位不服氣的教授還追上我，悻悻然地指出，我剛才沒有將他提出的問題回答清楚；他接著苦笑道，其實他也不想得罪鈴木教授。

我的出走計劃，讓我在日本前後停留了十二年，艱難完成了學業的考驗不說，還長了許許多多見識，添了無數有趣的見聞。如今，臨到老驥伏櫪的年紀，卻也不輕易歇腿伸腰，深坐安樂椅，落個長吁短嘆的無聊地。沒錯！接著下來，我還是會有某些計劃在盤算著，喔！當然！絕對還是跟出走有關。

眩暈的滋味

喝醉酒的滋味，不少人都嘗過。若是醉到最高點，嘔吐是難免的；重點在爬行前往廁所的途中，天地顛倒，失去方向，像是乘坐遊樂園裡快速旋轉的過山車，臉孔與後腦勺皆已錯位，那才是溺斃在悔恨交織的浴缸（或馬桶）中，最為要命的關鍵時刻。

也曾聽到女性朋友述說，肇因於耳朵半規管的毛病，眩暈症一旦來襲，可是要讓人呼爹喊娘，倒地難起。

數年前，當時已經八十歲的老母，忽然在夜半大聲呼叫我，說是眩暈到無法上洗手間；她還嚇自己道，怕是中風了。我一面安撫她，一面祈禱，萬萬莫是中風才好啊！經送醫院急診，服了藥，住了一天醫院，做了各種檢查，證實不是中風，而是不明原因的眩暈，便又啥事都沒有似的出院了。

誰知道，眩暈症好像也會遺傳，兩位姊姊都遭到相同命運不說，就連排行第三的我，都依序跟著中槍了。

去年一月，與老婆去日本福岡訪友，而後轉往由布院泡湯。隔天上午，旅館的女將頻頻來催退房，我卻遲遲無法起床；我向老婆抱怨，是否昨夜晚飯食物中毒？為何我頭暈欲嘔？偏偏旅館客滿，無法延房，我與妻拖著行李，在街上徬徨，尋找下一個寄宿所在；然後，不斷的抱怨，暈啊！暈啊！腳下的水泥地像是起伏不止的海浪。最後，好不容易覓得一間民宿，躺上床就萬事罷休，連晚飯都一概免除。

第二波暈眩的浪潮是在美西發生的。那回應邀到舊金山演講，吃好喝好樣樣好，就連住處都是好友夫婦讓出附有洗手間的豪華套房；唯一沒料到，時差時常搗蛋，每晚都是睡上一、兩個小時，就睜著眼到天亮。某日上午，兩位美麗師姐來迎，要領著我去遊覽海灣，並享受美食；但我一早就覺得暈眩得慌，幾次想臨時取消外遊的約定，卻總不好拂逆佳人的美意，最終決定，就咬著牙上路吧。

一路上，熱心的師姐用心導覽，我卻無法轉移腦袋，觀賞風景，蓋一轉頭，眩暈的力道就會加重也。如此這般，直到美景當前，飯食迄，收刀叉了，我才再也無法支撐的坦言，因身體不適，能否取消後面的行程，送我回去？兩位師姐立刻體諒的買單起身，還小小埋怨我不該如此客氣，應該取消約定，好好在家休息的。

回到住處，一量血壓，創下新高，趕緊吞服藥片，躺在彷若搖晃在水域的大床。是晚放棄所有飲食，除了昏睡就是昏睡，直到次日清晨，才察覺腦袋輕盈了下來。那趟回國後，我的健康果然出了問題，進出醫院數次；但是，眩暈這碼事，就先被扔在一邊了。

而後，偶爾在走路時，發現眩暈來襲，但只要駐足數秒鐘，眩暈便如一片雲，倏忽不見；也曾在操場走路運動時，眩暈不懷好意地來攪局，我一腳長一腳短的勉強回家，放任一家的親戚聊天喝茶，躲在房間裡躺了一個多小時；等眩暈走了，再若無其事的露臉哈拉，洗手進廚房，料理我預定要表演的一道菜。

時間一到，到醫院回診，我終於記起，要將眩暈的情況告知醫生；醫生馬上回答，怕是我的血壓藥太強，讓我的血壓偏低，立刻便改了藥方。說也奇怪，眩暈自此暫時忘了我，不再相擾。

×

今年為了籌備大型活動，雖然動員了許多善心的志工籌備，但長期下來，由節目內容到籌措款項、宣傳、票務，沒有一件事是省心的；好心的老友見我滿臉疲態，便早早相約，活動結束後，帶我去西班牙、葡萄牙自由行；我聞之雀躍，立馬同意。

一陣忙亂後，演出圓滿完成，終於等到了西遊的日子。

好友的資量很足，但為了顧及我的口袋深度不夠，刻意選了稍微繞道的便宜機票，由臺北飛阿姆斯特丹，再轉機南下馬德里。一上飛機，我就暗喊不妙，因左前方坐了一家三口，那一歲左右的小童還沒等到飛機起飛，就已經按耐不住地哭喊不歇；果不其然，小童成了沿途不定時的鬧鐘，隨時會以尖聲叫喊哭鬧，將剛入眠的我叫醒；迷迷糊糊的我，一時難以倒頭大睡，只好頻頻前往廁所報到。

出了馬德里機場，好友要查前往位於馬德里郊區，旅館所在地的巴士班表，我大氣的跟他說，就充當大老一次，坐計程車吧；一上車，看到高額的起跳費用，朋友忍不住的低吟幾聲，我大手一揮，反勸他看開點，偶爾善待自己也不錯。

隔日上午，開心起床，覺得睡得不錯，快步下樓吃早飯，然後轉地鐵去馬德里城內觀光。不過，才吃了一根香蕉，喝了一口熱拿鐵，忽然發現，我彷如大口灌了三大杯沃卡，腦袋頓時快速打轉，天地也隨之顛倒；這一驚非同小可，顧不了面前落得高高的誘人美食，我狼狽地扶著牆，按了電梯，灰頭土臉的回到房間，應聲躺下。過了數分鐘，想伸手抓起電話，通知對面房間的好友一聲，得取消是日的預定行程；但才一側身，一陣噁心就惹人欲嘔，趕緊停下動作，恢復木乃伊的姿勢。又過了許久，不忍心耽誤好友的時間，只能再次起身，勉強抓起電話，閉著眼撥了他的房號，胡亂說明了一下，就讓他一人去馬德里遊玩了。

到了下午，日頭斜了，眩暈的症狀輕微些了，我逼著自己起身換衣，到外面走走，否則繼續暈下去，下面十幾天的行程如何啟動？

雖然頭重腳輕，我自認是孫悟空，騰雲駕霧的穿梭在街道中，買了水果與礦泉水，還到店裡吃了點東西。我不斷對自己心戰喊話，一定得莊敬自強，處變不驚，方可慎謀能斷。隔日，雖然又恢復了些體力，但我還是自願放棄馬德里的遊覽計劃，乖乖在房間裡養精蓄銳，儲備後面的戰力物資。

天可憐見，而後的旅途中，只有睡夢中偶發過一次眩暈，但次日上午便又雨過天青的無風無浪了。直到坐上回程的飛機，被擠在最後一排兩位壯漢的中間座位，我內心不斷祈禱，只要不暈，我願承當一切的不適；殊不知，機尾的搖擺特區，要想不搖不晃不昏，還真是不成。

出了桃園機場，淡淡的眩暈，一直像是纏著人要賣口香糖的小童，硬是不去。上了回臺北的國光號，熱心的司機居然黏著我，大談他誦讀「金剛經」的心得與閱歷；我像一堆爛泥，癱在座位上；雖然睜不開眼，也只能死命地頻頻點頭；開車時間快到，他還力邀我坐到前座，好繼續發表高論；我只得頻頻默念佛號，求請諸佛，護我不暈不眩，得以平安返抵家門。

這一趟出門，著實可歌可泣；眩暈症！我可是嘗足了它的滋味。

✕

後記：我破了自己的紀錄，在家中躺了三天，最終才得以恢復人形。

為誰辛苦為誰忙？

多年多年以前，某個靜謐的夜，晚飯後，朋友拉著我去間鋼琴酒吧。酒吧的裝潢以赭黑與墨綠為主，佐以明滅恰好遮得住客人微醺後紅臉的燈光。

走道的底端是幾間半隔著的廂房，既能讓客人保有各自的空間，也能方便起碼的招呼與管理。走著走著，就看見左前方廂房裡，有一黑衣女子，獨自面對外側；如貓似的炯炯眼神，除了犀利、警戒之外，就是電力萬瓦的嫵媚，像是在檢索進出客人的身分，也像是一尊熱力十足的探照燈，探索著她期待中的訪者。我忍不住，貪心的多看了她兩眼，然後跟旁邊的友人說，僅是那兩道電波萬丈的眼神，就如希臘神話的女神一般，讓接觸到的天下男子，瞬間都凝結成石柱岩塊。

她當時還是金素梅，沒有加上母親的高字。

只聽說她酒量超群，演戲敬業，華視走廊對她的仰慕者，可以排隊到國父紀念館；而後，為了愛，她毅然放掉當紅的星運，消失在眾人面前。接著看到她在投資的新娘婚紗大火後，挺直腰桿的出面收拾殘局；又知道她罹患肝癌，入院治療。於是忍不住喟嘆，好一個歷經滄桑的曠世美人。

沒隔多久，適巧點燈的主持人出缺，企劃會議中，眾人絞盡腦汁，尋找適合的人選；黑板上羅列了一大串的名字，寫了擦掉，擦了再寫，最後，又歸於一片空白。忽然，有人提出金素梅的名字，強調她的抗癌成功，應該是剛出爐的生命勇士，絕對足以擔當節目主持人一職；結論是，探詢看看吧，雖說可能性並不高。

當時，她在陽明山療養身體，姊姊 Lulu 照顧著她；在經紀人的陪同下，我們碰面了。她清秀著一張沒有任何粉妝的臉，開口就說，沒有主持過節目，害怕無法勝任。我稍微解說了作業的程序，並強調，每則故事都有完整的腳本，該問的問題，都仔細地羅列在腳本中；她好似有點安心了，遂答應，願意試試看。

第一次的製播會議自然是在她陽明山的家中召開，導播與企劃都趕上山了。會議開著開著，天色漸漸暗了下來，我們有些心急，得趕緊加快進度才行，但是素梅忽然離開座位。等了許久，我們才發現，姊姊是日有事下山，素梅居然在廚房洗米炒菜，她竟親自為我們料理晚餐。這頓晚餐雖然吃得有點過意不去，但是每個人的心頭都是喜孜孜的，卻也完全忘記，當晚都是些什麼菜色。

後來有一回到梨山拍攝九二一地震的後續報導，我們再次登堂入室素梅的家，她一樣煮了一桌的菜，介紹她父親、哥哥與我們認識。在拍攝的過程裡，素梅展現了她的聰慧與機智，每每與受訪來賓打成一片，哭哭笑笑，完美掌控了現場的整體氣氛。

素梅一直擔心她肚子裡的墨水不夠；有一回，我買了一大落的書給她，有散文、翻譯小說、推理小說、傳記文學……過一陣子，我忍不住詢問她的讀後感想，她睜大了無辜的一雙大眼，無奈的說，只要一碰書，眼皮就沉重得睜不開，就算是再驚悚的小說都一樣。這就是她，坦率真實，絕對不會裝假。

×

某次在中視錄影，她突然跟我透露，已興起了從政的念頭，我驚嚇得拚命搖手，力勸她要保重身體，不要在那扭曲的生態叢林中受到傷害；素梅說，她考慮了很久，自認小命是撿回來的，就該為族人與社會多做貢獻才是；我只好滿心的祝福她，希望她在滿願後，得以全身而退。

競選期間，她必需不時回到臺北錄製節目存檔；每回在梳頭化妝時，她可以立刻睡著，連頭都抬不起來；我勸她何苦來哉？她卻立馬反問我，究竟是什麼理念讓我堅持著製作《點燈》節目？她甚至逼問我，究竟是為誰辛苦為誰忙？

好啦！這一下子「為誰辛苦為誰忙？」成為她關心我以及揶揄我的口頭禪，經常冷不溜丟的就扔給我；自此，我不敢質問她從政之路的心境。

就在立法委員投票的前夕，中視通知我們，不願再付製播《點燈》節目的製作費了；我忍著，沒有立即轉告素梅。等到票匭打開，素梅宣告當選，我偷偷跟自己說，《點燈》大概命不該絕。

我打了電話給素梅，她馬上在臺北與我會面。我們經過簡單的溝通後，素梅先是打了電話給中視的高階主管，主管一連串的恭喜後，素梅請教主管停播《點燈》的事，主管不可置信的說是不可能，他要立刻查明；十分鐘後，中視主管沒有任何回話過來，我們隨即進入第二階段的危機處理。

素梅又是一通電話打進華視高層。華視主管自是連聲恭喜素梅的當選；素梅又說，《點燈》在中視有點狀況，不知是否有可能回到華視？華視主管當機立斷的告訴素梅，《點燈》本來就是華視的女兒（註：《點燈》起初在華視製作五年左右，後來在通知停播的同時，中視馬上來電，說是這麼好的節目停掉可惜，華視不要，中視要），當然歡迎《點燈》回到華視的娘家。掛上電話後，我與素梅來了個大大的擁抱，因為素梅，《點燈》又翻過了另一個陡峭的山巔。

我經常跟友人說，素梅也是《點燈》非常重要的「點燈人」。

進入立法院後的素梅，忙碌更是追加幾等，但是她對節目還是盡心盡力。素梅跟我說過幾次，山上基本上都沒有第四臺，原住民對於外界的了解，都依賴著幾個無線電視臺；因此，她每次聽到鄉親跟她說，前不久看到她在點燈訪問某個生命勇士的故事，非常感動，素梅都備感窩心；但是她還是會消遣我一句：「到底是為誰辛苦為誰忙喔？」（註：口氣已有不同的轉化。）

如今，看到素梅在立委的崗位上敢言人之不言不說，總能一馬當先，力抗妖氣鬼魅，我總是忍不住地給她拍拍手。祝福她，在為族群辛苦，為社稷忙碌的同時，也要好好照顧自己的健康，方能仗義行俠，繼續走奔下去。

高鐵上的一堂課

我一向信服「敬人者，人恆敬之」這句話。相對的，或許是累劫累世攢下來的習性，我最受不了的，也是遭到他人沒來由的謾罵與惡言相向。

前不久，在一友人常聚會的居酒屋中，平日便喳喳呼呼的女侍，忽然以極度不耐煩的口氣，訓斥我不要跟她說話；本來，我摸摸鼻子，就想乖乖回座，但是她持續的惡劣態度，終是惱怒了我；我跟她說，我是客人，她怎可對我如此無禮？言罷，我吆喝了同行的友人，立即買單走人。

次日，那女侍傳了簡訊來道歉。我回覆她，她的態度，讓我有充分生氣的理由；不過，作為一個佛教徒，我沒有修好「忍辱」，所以，我也要向她致歉。

此事，算是圓滿落幕。

沒想到，不到半個月，同樣的試煉，再次發生，而且考場還是在高鐵上。

清明連假的倒數第二天，結束了高雄的一場演講，去到高鐵站，剛好有一班直達臺北的列車；避開了長列的購票人潮，我火速在自動售票機上，購得了一張自由座的車票，順利地進了第一節車廂；這才發現，車廂內已擠滿了站立的旅客。

穿越過同樣是急著返北的旅客人牆，我在一稍有空檔的區域，放下手中三袋的禮品，這才如釋重負。等到車子快要開動了，我才發現，我恰好站在同一個家族的三列座位的中間。前面的兩席，是一對父母，抱著最小的兒子；我的旁側，是兩個小兄弟，頂多七、八歲，各坐在位子上，不停地打鬧；他倆的後方，狀似爺爺奶奶，都在閉目養神。

看來都不到購票年紀的兩兄弟，互推互扭，感情甚篤，只有一次太大聲，前座假寐的父親，回頭怒視了一眼，但不太管用；同樣閉眼休息的母親，從頭到尾，都不曾制止過那對過動的小兄弟。

車過臺南，父母懷中的小弟要上廁所，後面最大的小哥哥，牽著他離座；留在位子上的小二哥，立刻打橫身體，霸著兩張椅子，深怕有人過來坐。

一度，車內廣播勸導，希望沒有購票的孩童，不要霸占位子，但似乎對那四位大人都不曾造成任何反應。

車過臺中，上來的乘客更多了，我的腰與兩腳也開始痠麻；後來一想，兩兄弟玩耍之餘，座位靠手部分，還挺寬鬆，便自然地坐在靠手處，頓時解除了腰部與雙腿的不適。大概五分鐘不到，忽然感覺有人在戳我的側身排骨處，一回頭，是後面的奶奶，以厭惡的眼神怒視我，我當然立刻識相地站了起來；然後，她以威嚴的口吻，低聲怒斥兩個小孫子：「還不給我坐直了？」兩個一路沒停的小鬼，沒有吭上一聲，立刻乖乖的坐正；更妙的是，不到兩分鐘，他兩兄弟如被催眠般，立刻都睡著了。

這一切發生得很快，我像是站在另一個高度，看著自己心情的跌宕起伏。

首先，看到兩個明顯沒有購票的小孩占據了兩個位子，我在想，如果我是他倆的父母或爺爺奶奶，起碼會騰出位子給他人，一人懷裡抱一個，不就發揮了該有的公德心了？再不濟，兩個小孩坐在一個位子上，也能挪出一個位子不是？但是，那四個大人全都緊閉著兩眼，也等同閉上了同理心與慈悲心。

後來，後座的奶奶，居然以極不友善的動作，命令我起身，不准影響她孫子的舒適空間；我的萬念頓時在那瞬間齊發：「妳憑什麼戳我？」、「這兩個孩子買票了嗎？」、「我坐在靠手上犯到了妳孫子了嗎？」……依據過去慣有的習性，這都是我會脫口而出的話，但是，我為何得以緊緊閉著嘴？不停地督促自己要忍，要憋住這口氣呢？第一，車廂裡的旅客太擁擠，空氣汙濁，別說是站立著，就算是在座位上的人，都不可能談得上舒適，如果我一聲怒吼，肯定要讓所有旅客的「不適度」陡然高漲，這絕對是我要避免的。

第二，那老奶奶肯定功力不凡，否則兩個正直搞鬧年紀的孫子，豈會如此甘於她的管教？如果老奶奶言出不遜，說出惡毒的話，我能回口嗎？我能反擊嗎？我是否反得了個自取其辱的下場？

第三，如果前座的兩個大人也加入戰局，我撐得住嗎？更何況我絕非吵架的料，肯定要讓口吃的毛病攤在眾人眼前，就算有千百個正當的理由，都很難取得勝利的局面。

第四，生氣是心臟不適的最大殺手，如果再不修身養性，修正自己的心性言行，萬一當場血管壁發生土石流，心肌罷工，不剛好提供給媒體作文章，就連標題都可以立即定下：「擠爆的高鐵車廂，因座位吵架，一無聊男子當場血管爆裂暴斃！」

不生氣！不能生氣！絕對不能生氣！
我開始轉移注意力，開始環視車廂內一張張疲憊的面容。
一串音符於此時悠然而起，齊豫唱的「心經」，泌泌而出。
高鐵的速度不曾慢下來，如心念轉換的速度，飛奔向我的歸途。
很快的，板橋站到了。
那一家七口，伸懶腰的伸懶腰，打呵欠的打呵欠，除掉口罩的除口罩，直到車子完全停穩了，才緩緩站起。老奶奶坐到最後一刻，我忍不住想看她最後一眼，她的眼神不曾與我交會，只是不疾不徐地，穩當沉著，壓軸般地走在最後面。於是，我享受到最後的九分鐘，緩緩地，如實的坐上了方才小兄弟坐過的，尚有餘溫的椅子上。
上完了高鐵上的這堂課後，我叮嚀自己，往後不要為了節約，再來自由座補修學分了。多花十元，在超商買張有座位的車票，該是我這把年紀該做的事情吧？

學習擁抱

近二十年前，我在中視頻道，為聖嚴師父製作了一個名為《不一樣的聲音》談話性節目，邀請各行各業的傑出人士，與聖嚴師父對談大眾所關心的話題。

有一集，邀請的特別來賓是丁松筠神父。丁神父走進攝影棚，一見到師父，就上前給了師父一記熱情的擁抱，並開心地以英文說道：「喔！我的兄弟！」最讓我意外的是，師父也跟著回道；「喔！我的兄弟！」。

如今。兩位智者都已離我們而去，但是那個令人難忘的一幕，卻十足說明了智慧與慈悲，是跨宗教跨領域的。擁抱，也佐證了一切。

對於東方人來說，以肢體語言——擁抱，來問候親友，就像是說出「我愛你」三個字，說有多彆扭，就有多彆扭。不過，透過電影、電視等媒體的薰陶，加上長期西化的影響，擁抱，慢慢在我們生活的周遭，開始蔓延。

多年以前，與家人們聊天，我與母親成為姊妹們圍剿的對象，她們一口咬定，母親太過偏心，心中只有我這個兒子，而且偏心到無可藥救的程度。母親率先豎起白旗，點頭承認，說是只有一個兒子嘛，沒有辦法啊！我頑強抵抗，指出從小到大，我被母親痛打的次數，是她們幾個加起來的總數，再乘上無數倍。她們得理不饒人，繼續咬定，我就是皮，就是禍頭子，不打我打誰？

我不輕易認輸，再次狡辯道，若說母親偏我，為何我的記憶中，從沒有在母親懷裡撒嬌耍賴的印象？不都說獨子最得疼嗎？這也是獨子的專利不是？

還沒等到娘子軍們的反撲，母親率先發難，當場大哭起來，邊哭邊數落我道，真是沒良心啊！母親說，我從小就難帶，不是支氣管炎，就是腸胃炎，小兒科診所裡，我的病歷落起來，要比我的身高還要高；有時候半夜抱我去急診，連拖板鞋都來不及穿，打著赤腳就往診所狂奔。

我無辜地看著涕泗滂沱的母親，還在狡辯著：沒錯呀！我的記憶裡，真的沒有被母親擁抱在懷的畫面啊！帶領攻勢的大姊趕緊跟我比了個住口的手勢，他擔心母親要真的傷心了。

事後，我反省，我大概是使用不可靠的記憶在修理自己。或許，遭到母親痛揍的皮肉之痛，烙印太深，反倒把母親對我的溫柔疼惜，全都推入了另一個密不通風的黑暗角落裡。

曾經聽說過好幾個類似的故事，我將故事綜合編劇在一個單元劇裡。一個女孩子，自小遭到繼父的性侵，自此厭惡任何人加諸在她身上的碰觸。後來遇上了一位她喜歡的對象，也開心的結婚了，卻在新婚之夜就抗拒丈夫釋出的體溫；而後，不但因此離婚，還罹患了難治的絕症。這個單元劇，我將劇名定為《擁抱》。

面對擁抱的動作，一旦對方是女性，就要分外的留神，千萬不可給對方留下任何輕浮感覺，那就過於低級了。

往往，中年以上，或是較為熟識的女性，自我防衛的意識較為薄弱。我有時碰到此一類型的女性，還是盡量將上半身與對方保持一個適當的距離。相對的，如果是年輕的女性或是晚輩，你在擁抱的當下，可以明顯感受到對方的靦腆與自持，這反倒好，只要在狀似擁抱的連續動作裡，快速且輕拍對方的肩膀，就可識相的拉開彼此的距離，全身而退。

×

我有兩個小孫子，一女一男，彼此相差不到一歲。小的男娃，從小就熱情到家，要他跟你頭碰頭，給你一個抱抱，他立刻就會跑到你面前，如禮行儀。較大的女娃天生害羞，是屬於慢熱型，要求她給你一個擁抱，就算她的父母說破嘴皮，不願意就是不願意，絲毫無法勉強。於是，我們反倒安慰她的父母，這樣好，自小就知道愛惜羽毛，懂得保護自己。

我後來跟他們玩起遊戲。趁著男娃來抱我，故意用力使勁，然後跟他說，不叫救命就不放手，他一大喊救命，我就放過他。小姊姊看我們玩得歡快，主動走過來，也說要玩，我一抱她，她就開心地狂喊救命。從此以後，這成了我與他倆的通關密語，只要一聲令下，來玩救命，他倆立刻狂奔而來，誰也不輸給誰。也因為如此，他倆便都學會了，給長輩一個愛的抱抱，就是最為貼心的大號禮物。

我與我家的另一半，不習慣在人前曬恩愛。某天一早要搭乘飛機出國，勞駕一位學弟開車載我到桃園機場。車來了，老婆送我到門口，行李置放到後車箱後，老婆很自然地與我一個擁抱，叮囑我沿途要當心身體。車子開動後，學弟忽然有感而發，他說，他好羨慕我與妻子間的互動，他認為我與妻那幕擁抱的場景，讓他感慨良多。原來，學弟多年前便已離婚，為了孩子，他們夫妻偶爾還是會聯絡見面，只不過，彼此之間的互動，就連最為普通的點頭之交都不如，更別說是一個友善的擁抱了。

我那老母卻是西化最快的奇葩。曾幾何時，只要我外出，她總要主動地來擁抱我，並在我的臉上親一下，外加一句，兒子我愛你！我覺得有點肉麻，老婆卻正色地跟我說，難得母親學會以肢體語言來表示她對兒女的關愛，我應該感恩才是，我趕緊點頭如搗蒜。

後來我又發現，母親的擁抱動作，並不是局部性的投射在我身上；無論是面對老友、晚輩，她好像與生俱來的，非常自然而真誠地上前擁抱對方，這還真是讓我十分意外。我從未問過她如何學會的，一直到最近，我慢慢往前追溯，才愕然發現，好像是八年前，老父過身後吧；或許，老伴的離世，給了老母某種即時的啟發，讓她體會出，也唯有真切地擁抱，才能準確無疑地將自己的善意，直接了當地傳遞給想要關懷的對方吧！

身為母親的兒子，我還無法如母親這般，將擁抱替代所有的千言萬語。日前在北京，見到老友時偉，一向靦腆的他，居然在相會與分手時，主動的跨前一步，給了我不是太用力的擁抱；我有點訝異，但還是十分歡喜，原來，「給我抱抱」不只侷限在與小朋友的玩耍上；某些時刻，擁抱有如院子裡傳來的桂花香，你不必刻意尋找，它就環繞在你身邊；關鍵是，你真心實意的感受並接受了嗎？

別用記憶修理自己

由小到大，腦袋裡的記憶體，經常存有一些憤怒、哀傷、不滿、懼怕等負面情緒的影像，加上了複雜的密碼，沉甸甸的堆積在暗無天日的倉儲，或是深豁無底的雲層裡；偶爾一個不小心，被人或事刺了一下，說不定就要傾倒了某一個文件匣；一圈圈沾染著棉絮蛛網的前塵往事，有如皮開肉綻的某個膿包，或粉紅或紫黑，直飆飆的朝你心頭，踉蹌噴出，腥氣薰人。

有一回，上一堂期待已久的佛學課，第一次聽到法師提及「別用記憶修理自己」這句話，當場就覺得極其受用，彷若吞服了一記清心洗肺補肝丸，眼亮了，胸口也敞開了。

小時候，個頭肯定小，覺著周邊世界的人，個個都是高頭大馬。然後，河流是寬的，水塔是巨大的，樹木是參天的，就連紅肉李都有拳頭大。等到成年後，再回到成長的村落，不但愕然於那條寬河窄淺如溝、村子的腹地狹隘逼窄、就連街道都短促破落，毫無規模可言。於是，當場傷懷椎心，鬱悶消沉；這分明是用記憶修理自己的例證之一。

早遠的年代，老師的地位崇高，只差與神祉並排而列，只要調皮搗蛋，功課退步，慘遭老師藤條修理，可說是家常便飯。我這人忘性大，皮厚耐打，畢業後，只記得老師的好，期盼有機會就能與老師再聚再會。有的同學記性好，尤其是皮肉之痛，深入骨髓，時時自記憶中翻揣出來，重複抹上一層層的萬金油、薄荷膏，咬牙切齒的怒罵老師，聲聲今世不想再遇那暴君老師。這，也算是以記憶修理自己的其中一例吧。

曾經，我在職場裡，碰到棘手問題，直屬上司因聽信某些傳言，還沒有讓我有解釋的機會，就剝奪了我擔任的工作，只准我在旁觀望。我這人死心眼，無論是說錯任何得罪人的話，或是做了任何傷害到他人的事，只要是真錯了，我肯定會低頭道歉；怕就怕丈二和尚摸不著頭腦，死得不明不白，我就會將自己逼進死胡同裡，魂不守舍的原地打轉，昏天黑地的困住自己。

那段時日，我還真是憂鬱了起來，敲破腦袋就是無法明瞭，我究竟是錯在何處？我也曾繞些彎子，拜託上司熟識的友人代為打聽，是否能夠直陳我的錯處？但很顯然，路路皆不通；我心亂如麻，夜不能睡，日不安寧。

費了很大的勁，甚至在醫院拿了憂鬱症的處方藥，我才慢慢在信仰中尋獲到涓涓滲出的些微能量，調適出維持身心安定的某種重心；那段過程，雖說艱難，雖然也收攏了傷口，結了痂，癒了疤；但我一直都是小心翼翼地呵護著，不讓那脆弱的病灶遭到外界的任何碰撞。

果不其然，某一天，為了一件小事，我與夥伴有了算不上爭執的相左意見；起初還能笑顏面對，但是一個不當心，那個病灶忽然咕地隆咚的自雲端滾了出來；一向在朋友圈被公認為好脾氣的我，瞬間大起了嗓門，臉上的潮熱滾滾，心跳也加速奔騰起來；所有不愉快的分子，急速分解在空氣裡，又片刻不停地倒灌進全身的每個細胞；我偶一低頭，發現雙手在些微的顫抖著。我當下察覺，我的記憶開始在修理自己了。

渾渾噩噩了兩三天後，適巧去臺中聽了另一堂演講，講師交付了一個功課：「如果只能再活一個禮拜，就要命終，有哪些事情是自己要趕緊做完，而不會造成日後的任何遺憾？」全場一片寂靜的課堂裡，我也開始詢問自己，如果是我，我的作業又該如何作答？

我拿起筆，在紙上寫了起來：首先，我要趕緊向曾經傷害過的人，逐門登訪，一一懺悔；尤其是以前從事新聞工作，銳筆傷害過的受訪者。還有，我這一生因為身、語、意的作惡所斲傷的有情眾生，哪怕是找不著了，我也要在佛前長跪，痛自懺悔。

想著想著，我的兩眼開始模糊。

然後，又一個聲音在提醒自己，放下萬緣的同時，我也該即時原諒曾經傷害過自己的人啊！

我立刻想起自己的母親。

母親不滿十六歲，就在局勢混亂的南京，嫁給了年長她十一歲的父親。逃難途中，生了大姊；來到臺灣後，隔年一個，又生了二姊、我、妹妹。父親沒有官階，收入極為微薄，所謂貧賤夫妻哀事多；遠在大陸的親人全斷了音訊，是生是死全然不知；偏偏我又太皮，只會成天鬧些讓她煩心的事，於是，母親怒打我，便成了家常便飯。

我曾心定意決，只要我長大離巢，絕對會到一個非常遙遠的地方，遠離多事倥傯的家，遠離爭吵一生的父母，誓不回頭。直到人在日本，與家有段距離了，我才擁有了充裕的時空，開始思考自己的過去與未來，但也都是懵懵懂懂，渾渾噩噩。一直到有一天，我自己成了家，體驗到維持一個家不至於顛破消亡的不易；然後，我親手結束了那段婚姻。

慢慢的，像是地下的種子，於初春的細雨斜風中，撥除掉埋在頭頂的泥土，我終於開始探頭，熱切看著我的四周，學習以同理心來理解自己的母親。我開始去同情她，一個還來不及長大的女孩，在那個混亂多桀的惡世中，得飛速學做母親；她沒有停下來思索的任何時間，只有活過一天是一天，生了一個孩子是一個；也只有在孩子與丈夫都睡著的黑夜，她才能在搓著一澡盆衣服的同時，想念起故鄉的親人，傷懷起沒有色彩與營養的青春韶華。

由臺中北歸的回程裡，疾行的高鐵，在夜色中沒有絲毫的猶豫和遲疑。由窗戶折射出的自己，蒼老難免，疲倦難掩。剛好鄰座空著，我對著窗戶扮了個鬼臉，告訴自己，過去的，就真的要學習放下。只因為記憶體太滿，充其量就保留那些美好的，足以滋潤好心情，好體能的正面部分；剩下的，就整個扔進垃圾桶，一指下去，永久刪除。

新人間 284

發現人生好風景

擁抱今天的理由，留心就會看見

作者　張光斗
主編　陳家仁
企劃編輯　李雅蓁
美術設計　陳恩安
企劃副理　陳秋雯
編輯總監　蘇清霖
發行人　趙政岷
出版者　時報文化出版企業股份有限公司
10803台北市和平西路三段240號4樓
發行專線—02-2306-6842
讀者服務專線—0800-231-705　02-2304-7103
讀者服務傳真—02-2304-6858
郵撥—19344724 時報文化出版公司
信箱—台北郵政79~99信箱
時報悅讀網　www.readingtimes.com.tw
法律顧問　理律法律事務所　陳長文律師、李念祖律師
印刷　勁達印刷有限公司
初版一刷　2019年5月24日
ISBN　978-957-13-7760-5
定價　新台幣280元
Printed in Taiwan

發現人生好風景：擁抱今天的理由，留心就會看見／張光斗著. -- 初版. -- 臺北市：時報文化，2019.05｜224面；14.8×21公分. --（新人間；284）｜ISBN 978-957-13-7760-5（平裝）｜855｜108004313